孤城

黄丹丹 著

内蒙古文化出版社

图书在版编目(CIP)数据

孤城 / 黄丹丹著. — 呼伦贝尔：内蒙古文化出版社，2023.5（2025.5 重印）
（中国好小说）
ISBN 978-7-5521-2178-0

Ⅰ.①孤… Ⅱ.①黄… Ⅲ.①短篇小说—小说集—中国—当代 Ⅳ.① I247.7

中国版本图书馆 CIP 数据核字（2022）第 217905 号

孤　城
GU CHENG

黄丹丹　著

责任编辑	那顺巴图
封面设计	鸿儒文轩

出版发行	内蒙古文化出版社
地　　址	呼伦贝尔市海拉尔区河东新春街4 – 3号
直销热线	0470 – 8241422　　　**邮编**　021008

排版制作	北京鸿儒文轩文化传播有限公司
印刷装订	三河市华东印刷有限公司
开　　本	880mm×1230mm　1/32
字　　数	142千
印　　张	6.5
版　　次	2023年5月第1版
印　　次	2025年5月第2次印刷
书　　号	ISBN 978-7-5521-2178-0
定　　价	48.00元

前言：凝神之际

黄丹丹

　　整理这本小说集的同时，我也整理了在写作这些小说同期所做的相关的一些记录，我谓之"稿隙笔记"的文字片段。写小说的我，总处于凝神的状态，那时，在这个世界里，"我"是不存在的，我遁入小说的世界里。关于这部《孤城》的小说集，我不想再多说什么，只撷取几段我于凝神之际的独白，搁在这里，作为前言。

一

　　越来越感觉到，写作是很难的事，但正因为难，才充满魅惑。如同手绣花样繁复的绣品，从选择图样、丝线、底布，到一针一线地挑、错、刮、戳、纳……最终以千针万线绣出，还不一定是如意的绣品。针脚的密度、丝线的色差，那些细微的误差都会让绣品的品质与自己的预期产生差距。这差距有时会令人产生沮丧的失败感，有时也会带来令人意外的惊喜。

人难以预判事物的形成与发展。哀喜祸福以及中间过渡的种种，人无法预测，亦无法规避。也许，正是写作过程中所产生的种种不确定，才令我知难而不退的。因为"不确定"中藏匿着乐趣。我写作时的心情，如贪玩的孩子遇见旮旯儿就想玩藏猫猫。我要藏在那儿，看词语们所做的游戏。

写作于我，是戒不断的瘾。虽然写作的艰难常令我挫败、焦虑，但我觉得，那就像在爱情里沦陷的人，在享有幸福的同时也要承受痛苦的咬噬。

二

写作的过程中，往往充满困惑。

昨夜给新写的小说画上句号的那一刻，泪水毫无征兆地滴落在键盘上。我自己都被那滴泪搞懵了。哪里来的泪呢？

合上笔记本电脑，离开书案，关灯。摸黑进房间，把自己摊在床上，想让自己安安泰泰地哭一场，搞笑的是，我居然一点也哭不出来。那么，那滴泪的来意是什么？直到现在我也没想出个答案来。

"作家归根到底不是给出答案的人，只是记录事实的人，也是提出问题的人。"

此刻，我记下那个事实，同时也想提出问题，对自己：为什么要写？为何而写？写什么？

其实，这些问题是有答案的。但答案会随机改变。记得小时候，每天都有许多许多话，想对自己说，于是每天都躲着大人偷偷写日记。那是青春期少女面对困惑时的自我抒发。如今，为什么而写呢？理由很多变。有时是因为任务，有时是因为冲动，有时是因为喜欢——这理由近来越来越稀缺了。喜欢是多纯粹的理由啊。早先，我写作的理由只是喜欢。是越来越多的困惑把喜欢给挤开了。我决定调整自己的心态，重树写作的目标。

我开始重读经典。用卡尔维诺的话说，经典作品可以帮助我们理解我们是谁，以及我们所到达的位置。我想我之所以如此困惑，大约是因为我内心产生了诸如"我是谁""人生有何意义"等疑问。

今天是九月一日，开学第一天，希望我的自习堂也从今天开启。不仅要阅读经典，更要在阅读经典的过程中，认识自己、理解自己、喜欢自己。

三

写小说，可令我自省。

刚刚写完一千二百字，立刻停住了。不想继续写下去，因为写得太快，有点控制不住地去描述一个人。我强迫自己停下来，关闭文档，起身，在房间里转了几圈，然后站在窗下。望着外面的灯火，想一想，我到底要在这篇小说里表达些什么？我小说中的人，她到底为什么要那样？我的书写，真实吗？我在虚构这篇小说时，我所描述的事物，以及我自己的情感，都是真实的吗？

今天，我有位朋友说，她去了土耳其的纯真博物馆。土耳其作家奥尔罕·帕慕克在二〇〇八年写过一部小说《纯真博物馆》，我于二〇一五年阅读它。读完小说后，我得知，在伊斯坦布尔，帕慕克真的建了个"纯真博物馆"，博物馆里收集了小说中的所有实物。那本小说里，印有免费参观的凭证。我当时激动地想，一定要去这座博物馆看一看。

据说，帕慕克写《纯真博物馆》是缘于他见到了奥斯曼帝国的末代王子阿里·瓦希布。当时，已经80多岁的王子持旅游签证回到了土耳其，他很想在土耳其找一份工作，有一份收入，终老于故土。王子流亡在埃及，常年在一座博物馆里工作。当时，饭局上的人就建议王子去他当年生活过的厄赫拉莫尔宫当导游。王子对这份工作很期待。但，王子没能达成心愿，他在一年之后去世了。

帕慕克因此有了写《纯真博物馆》的灵感。他在孕育小说的同时，产生了建这座博物馆的念头。

《纯真博物馆》是一个很揪心的爱情故事。当年读这部小说时，我并不能感受到它的好。感觉小说很琐碎地讲述一个富家公子凯末尔在订婚后爱上只有十八岁的穷亲戚芙颂。芙颂选择离开他与旁人结婚，最终早逝。他永失所爱，且放不下这份爱，最后将多年来收集到的与芙颂有关的物品作为展品，建了一所博物馆。最初读这部小说，是在二〇一五年的初夏，在读它的那一周时间里，我都感到很压抑。最近，又草草翻阅了一遍，我才发现，很多细节都令我有蛰痛感。虚构的小说，灌之以真实的情感。之所以判定它真实，是因为那些细节，我有过切身的体会。

二〇二〇年，我开工我的第一篇小说，我要认真地向其中灌注真情。慢一点写，不急不躁，就像生活本身一样，保持它该有的秩序。

四

提笔写《云山》是在朋友的催促下开始进行的。今年写的几篇小说都得感谢朋友的鼓励。我感觉自己越来越懒散，懒于动笔，惧怕动脑。写小说是很烧脑的事，每写完一篇，便有长跑时跑到精疲力竭几乎喘不上气的感觉。

近年来，每每起意写小说便会告诉朋友。起意写《云山》，是因为近来参与疫情防控督查工作，在督查隔离点的设置时，我走进了一个由废弃的中学改造而成的隔离点。我的童年是在校园度过的，所以，我一直对校园怀有特殊的情感。那天，我站在由过去的教学楼改造成的隔离房间，望着窗外无边的稻田，心头漫过一阵阵怅惘的潮汐。

这个月，因为工作原因，我几乎每天都在乡下，走村串户，与乡镇干部、村干部、村民们交谈。进村入户调查时，发现每座村庄的主人都是老人与狗。

被改造成隔离点的那所中学，有两栋颇具规模的教学楼，可以想见当年那所校园曾盛满了孩子们的欢笑。那些孩子去了哪儿？他们长大了，有了自己的孩子，他们的孩子又会在哪里读书呢？他们逃离乡村，落户在城镇，有的是通过读书、考试，成了"体制内"的人，更多的人是以务工者、自主创业者的身份进入城市，他们的户籍也许还在乡村，但他们以及他们的孩子都驻扎在了城市。他们是这些空荡荡的村落的"外流人员"。他们的孩子在城里的学校读书，长大后，将与他们户籍所在地的村庄、他们祖辈生存的村庄不再相认。

我没有在村庄生活的经历，我脑海里关于村庄的记忆是小时候爷爷家所在的椿树圩子，我曾为那座我祖辈生活的村庄写过一篇题为《致终将逝去的村庄》的散文。如今，那座村庄已经在地球上消失了。我的爷爷奶奶已化为一抔黄土。我的祖辈生活过的村庄只能依稀地存在于我的记忆里，我的孩子再也不能见到它。人往往很容易就把自己的祖先弄丢，包括把自己弄丢。在快速发展的时代里，记忆早已没有了落足点。很多人都成了没有家的孩子，成了无法寄托乡愁的可怜人。一个失去家园的人，内心深处会有无根的漂浮感。

在《云山》里，我揣着怀旧之情动笔，虚构了一个被隔离在这个隔离点的年轻警察。一个公务繁忙的警察突然被关在一个与世隔绝的房间里，他会怎样呢？焦躁不安？寂寞难耐？而他又无法逃离。人在这种情况下会怎样？我想肯定会陷入无尽的想象之中，会胡思乱想、不断追忆。故事就在他的回忆中展开，又在他身处隔离点的局限空间及与他人接触的过程中发生拓展，从而编织出一个带有一丝怀旧气息的故事。我希望这个小说能记录我们此刻所经历的这场疫情，也希望小说里关于对旧时村庄与校园的描写，能让我的孩子认识到城市之外的空间，从而联想到她祖先的村庄。

近来，虽然因每日奔波人很疲惫，但我发现一旦开始投入写作，我便又有了力量与激情。我热爱文字给予我的一切，同时也为自己能通过文字将逝去的村庄在小说里复活而感到开心。我会为自己的这份热爱一直写下去。我会永远为自己的热爱单纯地书写，无怨无悔。

五

起意写一篇小说，主要是想说一说在人生旅程中所经历的那些人来人往的熙攘与走走停停的过往。

人生多么奇妙。那奇妙在于，你永远不知道下一秒会遇见什么，也无法预测自己会走向何方。这与搭一辆车、开启一段旅程何其相似。虽然你对自己的行程有笃定的目的地，就像你对自己的人生有规划一样，但目的地并不代表就一定会是你的抵达地。这期间，你还会经历很多变故，主观的、客观的，很多事是压根无法预测更无法规避的。一路上，有风景，有险途，有聚，有散。

我在给这篇小说起头的时候，想到了很多很多辆车。最后，我决定，让一辆无主的弃车作为整篇小说的承载。

我还会让一位警官在这小说里露面。他不会是这篇小说的主角，但他会是我今后要写的新的系列小说里的一个主人公。

我想在这小说里写出一些人活着的艰辛、人无法摆脱的孤独感、人的天性中无法被磨灭的坚韧，还有人对自己的信念源自本能的坚守。人其实比自己想象得要坚强很多，人的生命力顽强得令人叹为观止……

关于这小说，我说得一点儿也不好，因为我想得太多了。但我知道，最终，在我落笔时，我会把这些想法都擦拭干净，我只会留下一个念头，这个念头，我要把它削得又尖又细，希望用它写出来的故事，轻巧无痕。我知道这很难，但我要试一试。

每个人，都是乘客，都各自搭哪班车？遇哪些人？经历怎样的旅程？令我着迷的是，即便我是小说的写作者，我也不知道我笔下人物的命运。我不想掌控他们的命运，我只做一个与他们同车的乘客，偶尔抬头看一看他们。

六

我是个很容易入戏的人，尤其是自己写小说的时候。

前阵子写《故事里的人》，写得狂躁，主要原因是自己无法入戏。最近在构思一个拜金女的故事，我因为入戏，很不幸地，陷入了消费主义陷阱。也许这么说，就是个借口。我一直有购物瘾、囤积癖。前两年很努力地实行"断舍离""极简主义"，可好不了多久，为了新小说，这病就又犯了。

现在每个周末要送孩子去上课，她上课，我就到附近的"之心城"闲逛。一个人在偌大的购物中心转悠，一不小心就会被形形色色的"人"与"物"所蛊惑。刚开始，我坐在商场的休息椅上，看来来往往的人，观察他们各自的特征，猜测、幻想发生在他们身上的故事。可是最近，我的注意力被"物"吸引了，就因为已入戏那个拜金女的故事吗？也许是，也许我本人也是个购物癖。

一旦意识到自己有"瘾"，我就会极力去戒。我不喜欢被某事某物控制，过度地喜欢、依赖会令人方寸大乱，失去理智。我属于冲动型人格，所以，我会尽可能地控制自己不上瘾——对任何事，包括文学。写作充其量只是我的一个爱好，我不会为之放弃正常生活中的任一环节。写作对我很重要，但写作也只是我生活排序中相对靠前的一项，我不会为之牺牲自己更多的时间与精力，它只是我业余生活的一部分。只不过因为我兴趣爱好不够多，所以它才有了更多的时间可占，如果我是个能歌善舞兼会打麻将这一国粹的人，估计我会把写作这事儿排到最后。所以，每每听到有人夸我勤奋时，我都感到很羞愧，实际上我懒死了，我是最不肯动脑筋读书写作的人，除非已到了非写不可的状态——这分两种情况，一种是譬如此刻，我有点儿时间空闲，想和自己说说话的时候；另一种是我有任务在身，得完成。

切入正题。之所以想到要写拜金女的故事，是因为偶然听到的一个故事。故事比较俗套，没有可圈可点之处，但让我动念写它是因为时间酶性起效所致。还没有写出的东西，我不想多谈，因为它现在就像一个正在被吹起的气球，说破即破。

那就说说我在之心城购物的经历吧。在某化妆品专柜，我在挑产品时，边上有一男一女，男的戴着严严实实的口罩，但我可以从他的体态与露出的眼睛判定他的年纪。挽着他手臂的女孩，披着酒红色间着荧光蓝挑染的齐肩发，画着夸张的眼妆，涂着裸色口红，背着一只劣质的水钻腰包，踏着绑带露趾凉鞋。女孩腾出一只手从货架上随性地抓起口红、粉底液、卸妆油、眼霜、保湿喷雾、面膜……我认真地观察她，发现她并不在乎那些化妆品或保养品的品牌，她就像"捡"起它们一样。而我，是在挑。重点关注自己寻常惯用的品牌，再比较一下同一档次的其他品牌。往往，我会在一个柜台流连一会儿，而不像她，顺手就拿。我大致算了一下她购物袋里的商品，一套大牌的护肤套装六千多、三支口红上千、粉底液八百多、卸妆油三百多、眉笔眼线笔睫毛膏过千……那一小包的化妆品价格差不多过万元了。买单时，我故意退到她后面，看被她挽着胳膊的中年男人点开了微信的付款码时，导购小姐告知女孩可以积分。女孩临时掏出手机注册会员——说明她之前并未在这家店购买过化妆品。女孩注册完会员，收费员扫了男人的微信付款码，告知女孩积分可以兑换礼品。女孩欣喜雀跃地问是什么礼品时，全程沉默的男人发话了，在我听来是很刺耳的嗓音，仿佛有点女声的尖利：

"快走吧！"语气里透着不耐烦。目送完他们离开，我在导购小姐的提醒下买单，兑换积分礼品。在 iPhone 店里，我看见一个十六七岁的小男生，穿着沙滩鞋背着双肩书包，默默地在展示机上打游戏，从我进店到我出门，他一直聚精会神地在那里打游戏。我猜想，他是一个逃课的孩子……然后，我把那对买化妆品的男女与这个小男孩以及我自己在幻想世界里构建紧密的关系，这关系在小说里会有体现。之心城还有一个我很喜欢的小众品牌——今夏，在那间店，我买了好几条裙子。那天在试衣间，我听到隔壁试衣间传来咆哮的声音。我就套着样裙站在那里，偷听。我听到的大致内容是，女孩怪对方（我猜对方也许是她男友，不像是老公）不懂浪漫，不送自己礼物。因为当她拍了自己的试衣照片给他时，他丝毫不为所动，女孩在试衣间怒骂："你简直不是人！"听到这儿，我走出试衣间，我觉得她太夸张了，哪有索礼物未遂就骂对方不是人的呀，丢份得很。但转念，我就打消了这个念头，说不定令她狂怒的背后，并不是怪对方不送礼物一个这么简单的理由。于是我又在脑补可能令她狂躁的各种原因。当我们无法理解他人的情绪时，就不用试图去理解，当然也不用去抨击。每个人的心中都有一个风暴眼，外人永远不知那威力到底有多大。写小说让我变得看似八卦，实则多了对他人的体恤。

　　絮絮叨叨说了很多。这些话对外人来说没有什么可读的价值，但对我自己却是必需的，我需要用这种方式梳理与倾吐。像坐在水边，看一颗偶然滚落水中的小石子激起了涟漪，涟漪一圈一圈地外扩，扩到看不到的边界，而水面却并不会平静，新的涟漪会再现，而你必须盯着那水面才能看得见。这些对他人来说无趣的细节，却正激起我心湖的涟漪，我要记住它们的样子。

七

中午，文友发来《文学港》杂志第五期目录的链接，我的短篇小说《骑士》在列。

《骑士》写于去年十月，那时，我在南京大学仙林校区参加长三角中青年作家高研班的学习。因为疫情，每个学员单独住一个房间。一周时间，除了上课，我都独自待在房间里，除了读书就是在手机上写这篇小说，以每日千字的速度，写了六天，到回家那天，手机里躺着这篇已有六七千字未完工的小说。然后就又陷入了忙碌，陷入了工作、孩子、日常难以厘清的芜杂琐事，小说搁在了那里。

又过了些日子，我去亳州参加一个小说改稿会。又是一个人住了两晚。那两晚，我打开躺在手机里的《骑士》，继续写了四千字，小说基本收尾了。基本收尾却不等于收尾，对我来说，小说的尾是很难很难收的。因为收不好这个尾，小说一搁就是两个多月。到今年一月二十八日清晨，我终于鼓起勇气，打开文档，用了三个小时，把小说从头至尾理了一遍，将尾自然而然地给结了，终于完成了《骑士》。我从窗前起身时，天才渐渐亮起来。那段时间，我总是在凌晨四点钟就醒来。那天，我醒了就立即起床去写，写完它，才七点多一点。我哼着歌，给自己烤了两片面包，煎了个鸡蛋，吃完，开开心心地去上班，感觉卸下了一个很重很重的包袱，整个人都精神了。写小说的过程，宛若负重攀登，我越来越感觉到小说难写。写作过程的艰难，让我发现自己的诸多不足，知识上的贫瘠、思想上的浅薄，以及语言表达与逻辑思考能力等诸多方面的不足，这些欠缺制约着我。而发现这些不足之后，又促使我去读书、思考。学无止境。

是的，学无止境……

八

《刺青》是我想了很久的一个小说名。终于起意要写，却在开了头之后，又搁置了下来，一搁就是一周。

这篇小说里的主人公，朱瑾与林瑟瑟，她们是对好姐妹，彼此信赖，性格互补，相处愉快。但外人并不这么看，外人总觉得，她们不可能是真的要好。

有时候被质疑是好事，可以当作某种关系的黏合剂。譬如，一对不被大家看好的情侣，往往因为被质疑而走到了一起。而有时候，质疑会一点点弄伤本来很贴合的关系，就像撬开某个物体表面上附着的保护膜，撬开一小片后，慢慢地，整片就会自然脱落。

我搁下这个小说的原因是，我不确定，我所笃信的人与人之间关系的稳固在小说中是否成立。

最近读了一些小说，读的过程，有享受也有疑惑，更多的是对自己的质疑。小说家郭爽说："在时代的声嚣里，我们呼喊，我们沉默。我们必须写下我们。"那么，我还要对自己继续质疑吗？

读小说与写小说的过程，有怀旧，有自省，有思辨，有充满温情的抚慰，有情绪激烈的控诉，然而，更多的还是默默地接受。接受生活中合理与不合理的事物，让自己把那些质疑、疑惑统统交付给小说中的人物，让小说里的时空去化解或安放那一切。

这也许就是我对小说充满热爱的缘由吧。因为热爱，我愿意矢志不渝地读与写，虽然写小说对于我来说，是一件费力而不讨好的事。全身心地去做一件费力而不讨好的事，却无怨无悔，这，难道不是爱吗？能确定自己爱什么，真是好事啊。当我发现了自己的这个秘密后，我感觉到自己的身心激动地发抖。是爱令我在这个酷夏的晚间，瑟瑟发抖。

九

今天开始写新小说《口红》。这个题目是我早就想好了的。故事的灵感突然在我完成上一篇小说后跳了出来，让我不得不立即动笔写它。

午休结束的时候，我打开手机，看到一条信息，我很没出息地激动了起来。这是一条我等待了许久的信息，久得令我几乎已经放弃了等待。它的突然出现，令我有点手足无措。我忙给两位朋友打电话。他们中的一位是在午睡中被我吵醒的，另一位是刚刚睡醒就接到了我的电话。我让他们看看，有没有收到同样的信息。谢天谢地，他们也收到了，我很开心。

很多事都需要等待，人得有耐心。而且，要尽量在等待时不要过多陷入个人揣摩，那毫无意义。因为结果早已注定，无论好坏。

读《我弥留之际》时，我读得缓慢。想到那天朋友说他在读一本喜欢的书，喜欢到都舍不得读，我夸他这句话说得真文学啊。此刻，我读《我弥留之际》时便有类似感受。

M 从距我万里之外，到距我千里之外，现在，他只与我相距百余公里了。人与人之间的隔膜，从来都不会单纯因距离而产生。这个想法其实也让我有写另一个小说的冲动，小说的名字已取好，叫《刺青》。

想想自己的生活，很大程度上都与文学紧密相连，文学让我内心充满希望与梦想。这两个词虽然有点不及物，但很适合我此刻的心境。是的，文学令我充满希望，文学让我拥有梦想。这对于一个渐入中年的女性而言，是很可贵的，不是么？这是文学给予我的馈赠。我想，我也只有认真地写，才能回馈文学。我要努力，不制造令人添堵的文字垃圾。

十

买塔拉·韦斯特弗的《你当像鸟飞往你的山》时，书店附送了一本叫《鬼水瓶录》的小书，作者是陈坤。

今早，我顺手翻了下《鬼水瓶录》，读了其中一篇。意外地，引发了一丝灵感，我想到了一个小说名——《孤城》，立马把它记在我那个草绿色的备忘录里。这个备忘录是我去年十二月二日启用的，刚翻了一下，神奇的是，里面居然抄录了一首诗人孤城的诗歌《一只乌鸦》，那一页的日期栏上我写道："二〇一九年十二月四日，于北京"。全诗如下：

一团雪，再也不想白活在其他雪中间
一团雪
一个窟窿，要黑给这个世界看

一团雪
不惜孤绝，狠命将自己从白雪中
抠出来

一团雪愣是按照自己的想法
飞起来

一团雪，一只茫茫雪野里的
乌鸦
在用自己针尖大的一块黑
擦一望无垠的
白

　　循着备忘录上的日期，我想起来，这首诗是二〇一九年十二月三日我在北京参加培训时，诗人陈巨飞推荐给我的诗歌。

　　合上备忘录，我站在北窗向外远眺，八公山山影如水墨画里淡墨染出的轮廓。多日阴雨，至今日，天终于放晴了。我那一刻的心情，如朗朗晴空。

　　我喜悦于意外获得的这点灵感，忍不住把这喜悦分享给小雨。对，就是写《苏七月的七月》的冉小雨，这篇小说还上了《小说选刊》。今年二月，我在《莽原》上读到她的这篇小说，当下就非常喜欢，喜欢了小说之后，才发现，她居然是我在上中国作家协会青年作家培训班时的同学。

　　我抄录《一只乌鸦》的时候，正是我在北京参加培训班的一个课间。前一晚，现居北京的巨飞请参加培训班的安徽老乡吃饭，他邀请了在中国诗歌网的孤城同往。席间，我对孤城说，我也很喜欢他的另一首诗歌《读碑》：

她——
1928 年生人
16 岁参加八路军
暮年信靠耶稣
2006 年辞世
膝下 6 儿 1 女
2 蔡、2 李、2 陈，还有 1 个

姓齐

　　今天，我郑重地把这首诗歌抄录于自己的备忘录上。简简单单的汉字，组字成诗，其中深意，难以言说，这就是文学的魅力。

　　多年前，我就有一个小说的种子埋在心底，我时不时就会想起它。今天，它有了《孤城》这个名字，我决定开始好好讲述它。

　　上面拉拉杂杂地说了许多看似毫无关联的话，其实，都存在内在的联系，因为那些都是促成《孤城》的机缘。世间万事万物，内部都存在着微妙的联系。甚至陈坤，还有他的《鬼水瓶录》，都是促成《孤城》完工所不可缺少的部分。厘清杂乱关系，让它们有序，是不是小说的一种功能呢？我对小雨说，感觉自己还没有入小说的门，小雨鼓励了我，她说的那句"你已经写得那么好了，怎么会没入门呢？"让我有了动笔的信心。

　　我的笔记上，还记录了一位编辑老师的话："要把用意转化为一种内在的逻辑，让读者目不转睛地跟着你走，外在的描述性文字往往是要着力回避的。"

　　在《孤城》里，我希望自己可以做得好一些。写小说的过程，就像在孤城里谋生。

目 录

孽　障

　　也不知道前世造了什么孽，让我摊上汪洋这个爹。我知道，汪洋肯定也是这么想的，只有在这件事上，我俩观点一致，除此之外，全都相左。譬如那天，我说订直飞的票，他非要买中转票。得！我要是给他们买中转票，汪波非得骂我抠门，认为我是为了省那点机票钱，而让爸妈遭辗转奔波之罪。但我要是不听汪洋的，他又得捂着心口骂我"孽障"。但凡我有一点不顺他心的言行，"孽障"二字便口水似的从他嘴里迸出。那俩字我听了三十多年后，竟习惯地把它当成了自己的昵称，跟听我妈喊我"二子"的感觉差不多。

　　我叫汪涛，和二十二岁就去加拿大留学、毕业后定居温哥华的汪波是对孪生姐弟。得亏汪波飞得远，不然，估计我得被她寒碜死。比我早从娘胎里爬出来十几分钟的汪波，从小就特会起范儿。她穿着连衣裙，挺着小腰板儿，梳着好看的娃娃头，一副小淑女模样。而我，猴着身子，缩着脑袋，身上的小背心从左肩上耷拉下来，看上去就像个邋里邋遢的小叫花子。有图为证，我奶奶的房间里，至今还挂着那张我们九岁时拍的照片。那是一张全家福，爷爷、奶奶、我爸、我妈、二叔、二婶、三叔、三婶、四叔、汪波、我，还有二叔家的汪涵妹妹、三叔家的汪洮妹妹，一个也不少。那是一九九五年的夏天，拍照片时，爷爷还在世，我爸妈还年轻，四叔还没出国，自然也还没有洋四婶和现在才分别上高中和幼儿园的俩混血妹妹。看到这儿，您瞧出来了吧？对，我是老汪家的独苗儿，虽然老汪家向上追溯好几代都人丁兴旺，但不知怎的，到了咱这一辈，突然就阴盛阳衰起来，老汪家兄弟四个，只出了我这么一根独苗。我奶奶常说，我爷爷当年一心希望我将来能成为栋梁之材。现在看出来了吧，我可不是啥好苗，充其量就是棵稗子，啥用都没有，可甭想着当什么栋梁了。幸亏我爷爷走得早，他老人家要是活着，也非得被我气死不可。

　　要不是汪洋总叨叨"孽障，都三十多的人了"，我怕是也不会偶有恐慌。三十好几的人，没有房子，没有车，没有钱，没有老婆，没有孩子，甚至连个固定相好的女人都没有。其实也不怪那些女人，一个男人要是没有前面那三样，哪个女人能跟着你混？可我就是爱这么"混"。"混"这个字是汪洋给我下的定义，在他没这么说之前，我真不觉得自己是在"混"，自从他有次喝多了骂我："孽障，我看你混到什么时候！"咦，我一听，可不是么？这些年，我不就是在"混"吗？也不知是怎么混的，我就把自己混成了这副熊样。

最终，我还是在网上买了北京直飞温哥华的机票，并把航班行程信息截图，用微信发给了汪波。汪波飞快地回了一个"OK"的表情。那会儿该是她那边的三更半夜，她居然也不睡？不过，我们俩都没有和对方聊天的习惯，一个截图搭上一个表情，完事，沟通得畅通无碍干净利落。互联网真是人类最伟大的发明。

话说回来，再伟大的发明，都有正反两面。有利用互联网干正经事的，譬如汪波，她在网上写育儿文、在 B 站上网课；也有在互联网上打游戏搞网恋的，譬如我。追溯起来，我从十五岁那年第一次上网吧，至今已逾二十载，这些年的大把时光，我都是在网上度过的。

我至今还记得第一次去网吧的缘由，那是四叔出国六年后第一次回国，他送给我一台学习机，接电视上的那种。我冲上去就把里面的游戏给捣鼓了出来，正玩得快活时，汪波来了，她一上来，就练起了五笔打字。我爸冲我一咋脸说："学习机是用来学习的，孽障，你若要用它打游戏，它就归你姐了！"我恼得摔门而出，冲进了一家网吧，心里恨恨地想：汪洋，这是你逼我的！从那时起，我原本也就勉强班上中等的成绩，瞬间一落千丈，稳稳地盘踞了最后的堡垒，就一直那样混到初中毕业，我啥也没考上。还是奶奶老将出马，找她过去的学生——一家职高的头儿，花了点钱，把我送进去学起了会计。我哪有心学那玩意儿？自打上了职高，我更有工夫也更有自由上网了。三年职高生活很快混结束，我被迫成了社会上的人。进入社会，意味着要自食其力，得自己刨食吃了。可我有什么本事？除了在网上玩级别高的游戏、骗小姑娘有一套之外，我并没有闯荡社会的一技之长。

转眼又是一年。我爸妈去汪波那儿居住已经过了一年多。二〇一九年十二月，汪波让爸妈去她那儿。

她年初生了个二宝，她说公公婆婆已经在她那儿待了半年，现在轮到咱爸妈去值班了。汪波把微信上的视频电话一打，将镜头对着她那一大一小俩儿子，汪洋的脸立马皱成了一朵黄金菊。他一口一个"孙子"地唤着，听得我直膈应，话说，那俩小子不是只能算他的外孙子吗？他的孙子，怎么着也只能由我繁衍呀。

二〇一九年岁末，我背着大包小包，拖着沉重的行李箱，双耳灌满汪洋对汪波的赞扬以及对我的奚落，将他们送进了飞往温哥华的机场闸口。望着汪洋那塌下来的肩膀和我妈臃肿的背影，我突然有点儿惆怅，对，那感觉应该就叫惆怅。我举起手机，拍卜了他们的背影，并发了个朋友圈。我当时也想不到什么合适的词儿，就在那张照片上配了俩字："背影"，并打开了所在位置显示。

我还没走出航站楼，就听见手机响了，我还以为是汪波呢，慢吞吞地从口袋里掏出手机，点开微信，没想到，却是朱颜。

"你在北京？"

"没错儿。"我说。

"过来吃个饭。挂了，马上给你发定位。"

听她这么说，我有点小动心，虽然好几年没见了，但朋友圈里却天天见，她每天打卡似的在朋友圈里晒自拍，虽然明知道那是美过颜的，我却还是忍不住存了几张图——养眼哪。可是一点开支付宝，瞅着里头那可怜的余额，我还是打消了见她的念头。我再怎么"混"，也不至于混到让女人请客的地步吧？

她仿佛看穿我心思似的，不待我将婉拒的语音发出去，就将视频开通过来，我想了一下，还是对着周围的玻璃幕墙捋了捋头发，接通了她的视频。

谁知，视频接通，她却不说话了，一双涂满油彩般斑驳的眼睛盯着我，我吓得也不知说啥了。沉默了一会儿，还是她先开的口，沙哑地迸出三个字："为什么？"

这个问题我当初不想回答，现在也无法回答。好在，这时候，突然一个电话进来，把这次视频通话给挤掉了线。电话接完，我犹豫着要不要回拨给她的时候，却收到了她发来的一长串滴着鲜血的匕首表情。得，我可不想再被她攮一刀了，还是老老实实打道回府吧！

我戴着耳机，踏上地铁，去赶高铁，就像一尾鱼从一个河汊游向大河，不对，我觉得自己更像是一个零件被抛到了流水线上，经过弯弯绕绕高高低低的道儿，最终被吐出。

唉，我越来越感觉自己就像个机器，硬而冷，没有一丝趣味与感情的机器。八个小时后，我打开父母家的门，把球鞋甩掉，将外套往沙发上一掷，直接进卫生间。爸妈都不在，他们这个家于我而言，就舒服多了。我坐在马桶上抽了支烟，然后打开热水器，冲完澡，进房间倒头就睡。醒来的时候，二〇二〇年已经悄然而至了。我拿起手机，点开微信，收到老妈发来的几条语音和几张图片。爸妈飞行了十二个小时，估计我在梦里和朱颜干架的时候，他们已经平安降落在了加拿大的土地上。想必这会儿，他们正在汪波家的大 house 里，逗着他们的小"孙子"。我发了一条语音，让老妈和老爸好好休息，代问汪波全家好。语音时长五秒，估计我爸听了又得骂一句"孽障"。

放下手机，我不想回复那些"爱你爱你，新年快乐"之类的群发信息。"二〇二〇年"这个词，被玩谐音梗的人们唤做了"爱你爱你年"。"爱"这个字如今可廉价了，在网上，无需面对面，甚至都不知道对方是人是鬼，便说出一句一句的"爱你"，说得一分钱的责任都不用负，把本该作为承诺的语言都当作新年贺词了，人类堕落成了什么样子！简直令我这个"孽障"都不齿了。我很久没有说过"爱"字了，无论在网上，还是现实中。

梦里，朱颜披头散发地拿着刀撵我，我拼命地跑，却总也跑不快，眼看就要被她追上来时，我腿一软，醒过来了。谢天谢地，醒得及时，不然，梦里又要挨一刀。当初，她给我的这一刀，现在赴到天阴下雨之前，伤疤还会发痒，一痒，就害我想起她。所以，这些年来，她的影子就像狗皮膏药似的贴在我身上，总也揭不下来。

　　时间飞快流逝，眨巴眨巴眼，就已过去了二十年。十五岁那年，自从我爸擅自把我四叔送给我的学习机赏给了汪波后，我就爱逃课躲在一间黑洞洞的小网吧里打游戏。凑着电脑屏幕那明灭变幻的荧光，我发现总坐我隔壁的是个跟我差不多大的女孩，我每次去网吧，都能看见她雕塑似的固定坐在最靠里的位置上。我很好奇，她一个女孩，也逃课泡网吧，并且，她居然还会抽烟！

　　那家小网吧，在我上职高后被封了。不久，从我奶奶家到网吧那一片地被城建规划，面临拆迁。奶奶被二叔接到了南京，我只得搬到爸妈家。那个家，对我而言就像是别人家。我三岁的时候，爸妈带着汪波从爷爷奶奶家搬走，住进了位于市区的我爸单位的家属楼，把我留在了爷爷奶奶家。打那会儿起，我就一直和爷爷奶奶住在城东的钢厂家属区。我在奶奶工作过的钢厂子弟学校混到初中毕业，汪波以区中考状元的身份进了省重点高中。我就是在那会儿回到爸妈家的。当初也不怪我爸妈，据说是我爷爷硬要留下我的，他老人家怀有把我培养成栋梁之才的目标，却不料自己早早被病魔缠身，我又被网络诱惑。

　　我的回归首先面临的就是住的问题。我爸妈家是两室一厅的房子，搁着一张双人床的大屋是爸妈住的，另一间挂着花窗帘、铺着花床单、床上摆满长毛绒玩具的小屋，是汪波住的。我这个孽障像个不速之客，横插进由爸妈和汪波组成的那个和谐的三口之家，这着实让爸妈头疼。最后，还是我爸皱着眉头说，明天买个折叠床，晚上把餐桌从客厅抬到阳台上，在放餐桌的地方支床，早上把床收起来放在阳台，再把餐桌抬回来。我听了这话，感觉自己就像个叫花子，跑到他们家，给他们添了麻烦，我感到特不好意思。

好在，职高的开学打破了我的尴尬。职高在城南，乘公交车得坐到底站。学校里有宿舍，虽然一间房里竖了四张上下铺的铁架子床，但我还是很满意，毕竟有个固定的铺在那儿。而不像在爸妈家，天一亮，就要把我那吱呀乱叫的钢丝床给折叠起来摞在阳台。当我跟爸妈说，我想住校的时候，汪洋居然还冲我咆哮："孽障，就知道贪玩。"我妈阻止了他，说："学校那么远，他住校方便些。"其实，我住校是他们更方便些。没有我杵在那儿，他们家还是那个父慈母爱女儿乖巧的完美家庭。那状态是十几年来，大家都习惯了的格局。

我的生活乏善可陈。混了三年，职高毕业。当我沦为无业的社会青年时，汪波考上了南京大学。唉，我这个优秀的姐姐，她总能把我比得跟王八蛋似的。家人给她办升学宴，席间，因为我不小心把一瓶红酒弄洒了，汪洋当着家人的面把我臭骂了一通。那种情形下，我只能一走了之。

但我无处可去。

七月底的正午，大太阳明晃晃地悬在头顶上，高楼四周的玻璃幕墙把一个太阳复制粘贴成了无数个，它们齐刷刷地射向我，那比剑还锋利的光芒，刺进我每一个毛孔，让我感到钻心的疼痛。没有对比就没有伤害，在酒店凉爽的大厅里，汪波正众星捧月地接受大家的祝福，我却饥肠辘辘地快要暴尸街头了。那一刻，我觉得活着真是没劲。

我又钻进了网吧。遁入那看似黑暗却无比光明的所在。

那一次，我在网吧里没有玩杀人游戏。我登录了QQ，因为我想找人说说话。QQ列表里有一长串头像，我专挑女的，一个个试过去。我当然知道，不一定有着女人头像的对应的就是一个女人。不管了，我就想找个女的聊天。

在我发了消息之后，就不停地有人回复我。我二话不说，直接点开视频，愿意打开视频的，我就接着聊，不开视频的，就拉倒。一下午，居然有五个妞儿和我通视频。我最终选择了她，我看她在视频里抽烟的样子很酷。我喜欢抽烟的女人。直到现在，我都只喜欢"坏女人"，那种优雅的、文雅的、文静的、贤淑的好女人统统不能入我法眼。我只欣赏爱爆粗口的、浑身痞气的女人。那天晚上，我约她见面了。我们约在六安路的一家麻辣烫店门口，我到那儿的时候，一眼就看见了她，她比城市夜晚里闪烁的霓虹还耀眼。她顶着一头紫色的长发，涂着蓝莹莹的眼影与银色的口红，穿着一双把脚几乎立成九十度的高跟鱼嘴鞋，叮叮当当地来到了我面前。她说："嗨。"一听就是那种被烟熏透的嗓子，很沙哑，但我觉得那是性感。而我，却突然嗫嚅起来。我害羞了，居然。我低着头说："你好。"我一直不敢看她的眼睛。她突然大笑起来，说："你不就是钢厂那个常逃课上网吧的家伙吗？"我抬起头看她，立马也想起来了，她就是那个在网吧里抽烟的女孩。

那天晚上，我们吃完麻辣烫，就轧马路。走着走着，她突然回过头，抱着我，恶狠狠地亲了我。然后，就不负责任地丢下傻愣愣的我，兀自"噔噔噔"地跑远了。也不知她是怎么做到穿着跟儿那么高的鞋还能如履平地的，我站在那里，望着她渐渐跑远的背影，内心充满了疑问。

我不想回爸妈家，除了网吧，我无处可去。可是，到了网吧，我才发现，我连包夜的钱都没了。刚才，我把仅有的钱都掏了出来，买了麻辣烫招待女网友。但我实在走投无路，我硬着头皮问网吧的老板："你这儿招人不？"果然天无绝人之路哇，他冲我歪过那锃亮的脑门，上下打量了我一番，问："你满十八了吗？"我说："我都十九了。"然后从兜里掏出身份证，亮在了他面前。他斜眼瞄了瞄，说："你也是钢厂的？行，来吧。"原来老板是钢厂的下岗工人。就这样，我得到了第一份工作——在网吧当服务员。

手机的闹铃把我从世纪初的回忆里拽了回来。我拿过手机关闹铃时，看到提醒事项上赫然写着"交租"二字。完了完了，我居然把这么重要的事给忘记了！我开了一家宠物店，店铺的租金三个月一付。二〇二〇，我还真爱你爱不起来！第一天就给我一个下马威，我支付宝与微信里的余额所剩无几，信用卡还张着血盆大口，等着还款呢。

我只能打个挺儿起床出去想办法。除了开宠物店，我还兼着一份职，那活儿，我真是越来越不爱干了，可是没办法，为了生计，更为了宠物店的存亡，我只能豁出去了。

我打开微信，找到"新客户"，把前几天收到的信息仔细捋了一遍。然后，发了条语音，告诉对方，这活儿接的话，得先交押金。对方飞快地回复了，回的是文字，问："押金多少？"我想了一下，说："五千。"对方岔都没打一个，直接转了账过来。我按捺住内心涌起的小激动，隔了会儿，才点开那个黄色的小方框，收了款，道声谢。然后再联系房东，交租。好咧，完了一事。

但新接的活儿就有点棘手了。捉贼捉赃，捉奸捉双，根据我的经验判断，这次不能全靠在网上操作，不到实地蹲点怕是不行。

我先去宠物店，看看那些被关在笼子里的蜥蜴、蝾螈和蟒蛇们。说是宠物店，其实就是我和宠物们的家。一套老旧小区的一室一厅，厅里住着宠物，卧室里住着我和偶尔被我钓上的女顾客。我平时不住爸妈家，除了在节假日，他们喊我去吃个饭之外，我都在这里窝着。我喜欢这些冷血动物，它们不会大吼大叫，不会虚张声势，但这并不代表它们没有情感，它们真诚而内敛，好处得很。在网上，我和我的宠物店都挺有名的。不时会有人通过网购的方式认购宠物，我一般都会亲自送货上门。我发现，养这类宠物的，多是女性，并且经济条件都不差。她们有个共同的特点，寂寞而多金，哦对了，再加一条——年轻美貌。

我喜欢亲自送货上门的原因是，不仅可以节省快递费，还可以顺带欣赏美女。有时遇到很喜欢的类型，我会借指导她们养宠物之便，添加她们的微信，和她们从宠物聊到彼此，然后，聊着聊着，就聊成了朋友。不过也只能是朋友，这些养宠物的美女，大多也是被别的男人豢养的宠物。

有一天，大清早的，宠物店的门被砸得山响，我穿着大裤衩睡眼惺忪地起来开门，意外地看见一个贵妇打扮的女人站在门口。她从包里掏出一张单据，问我，那笔钱是不是付给我的。我把单据接过来一看，给了她肯定的回答。上个月我卖出一只蓝色的中国水龙，那是一发大单儿，蓝色的中国水龙是蜥蜴中很少见的珍稀品种，那一只，我要价一万，居然也有人要了。我亲自送货上门，找到那个坐落在天鹅湖畔门禁森严的小区。我清楚记得那天的情景：到了小区门口，我打了好半天电话后对方才接，我把电话给门卫，不知对方在那头说了些什么，门卫一直点头哈腰地答应着。挂了电话，我被门卫放进小区，七拐八绕地总算找到了指定的楼道，又被楼道的门禁挡着。我一手抱着宠物盒，一手按门禁电话，门"喀嚓"一声开了，电话里传出："上来吧。"乘电梯上楼后，就见一户门半掩着，一个长着蛇精脸的女人穿着薄如蝉翼的睡裙倚在门口看着我，看得我心思一动。"老公，他来啦！"她扭头朝里喊了一句，一个裹着浴巾的中年男人抓着手机过来了。他看也没看我一眼，就说："扫码。"我掏出手机，点开微信收款二维码，他熟惯地扫了。"嘀嗒"一声，一万块就落到了我的账上。

女人掏出的那张纸，是信用卡的账单。见我承认，她二话没说，从包里掏出一叠现金，递给我说："带我去见那个人。"

我就是从那天开始干这份兼职的，那女人是我的第一个客户。

二〇二〇年元旦，我接到的活儿，与宠物店无关。如今，在这个城市里，我已经成了那些被冷落的贵妇口口相传的神探了。

我根据客户提供的资料，判断她老公豢养的"宠物"并不在这个城市。那就意味着，我要追踪她老公的行踪。客户要求，我只需要提供她老公和"宠物"的亲密照片以及他们共同居住的住所地址，就算完成任务了。

网络时代，这事对我而言并不是很难。

没费多少周折，我找到了客户老公的公司。那地儿我熟悉，过去我就是在那附近读的职高。过去那地方是郊区，如今已经变成了这个城市的腹心区域。我刚推开那扇玻璃门，前台小姐就从电脑后站起来，微笑着向我打招呼。我特烦这种模式化的笑脸，很假很造作。但我想从她嘴里套出些话来，便只好也挤出类似的笑来，按照在路上构思好的对话模式，很顺利地打探到了这家公司在北京的办事处地址。

老天，我又得去北京！

我在手机上查火车票的时候，奶奶的电话来了，她说要从南京回来。爷爷是腊月十二的生日，我们每年都会在那一天去爷爷的墓地祭拜他。奶奶说，既然我爸妈都去加拿大了，她就提前回来，多住几天，和我做做伴。挂上电话，我想了一下，赚钱事小，陪奶奶事大。自从爷爷奶奶家的房子被拆迁后，奶奶常年和南京的二叔二婶生活在一起。每年，只要她老人家回来，我就哪儿也不去，全程陪着。可是，收下的订金，已经被我花了出去，退是退不了了，我只有另外想辙。办法总比困难多，这是奶奶常说的话。

哎，有了！我想到了朱颜。朱颜不是就在北京么？我又打开朱颜微信头像的对话框，把她发来的位置和刚打探到的那办事处位置一比对，呦，巧了，俩地儿离得还挺近。吁，等等等等，我刚冒出想请朱颜帮我拍照的念头被这个新发现给压住了，我突然想到，那个"宠物"或许就是朱颜！对，极有可能。朱颜成天晒美照，一副很闲的样子，她凭啥在京城过这么悠闲的日子呢？

这就好办了。如果真是她，我可以套出底细来。

这么想的时候，我还是有点不爽的，那不爽，我寻思了一下，好像还有点吃醋的意思。那天，朱颜问我原因，其实，原因就是我对她的不信任。那年，她告诉我她"有了"的时候，我脱口而出："谁的？"虽然已认识她很多年，但我就是不信任她，她太好看了，像一朵花，周围总嘤嘤嗡嗡地绕着一堆蜂蝶或苍蝇。和她第一次约会，她就哭着告诉我，她被人甩了，敢情对她而言，我就是一个替代品呀。后来我们住在一起，我听过她说梦话，很明显，在梦里她正跟另一个男人纠缠。名字叫小什么，我没听清。

现在回头去想，自己当年也挺不男人的，居然在女朋友怀孕的时候搬家走人，并且很快找了个新人。我是在六安路那间麻辣烫店门口被朱颜攮的。没错儿，朱颜就是当年那个被我从 QQ 里拽出来的、比霓虹还闪亮的姑娘。我这人约会没什么花样，十几年来，但凡约会，只选六安路上的那家麻辣烫店。那家麻辣烫店开了无数年，有着和我一样的执着。后来，我发现这个城市冒出了很多与它同名的麻辣烫店，一问才知，人家已经开起了连锁店。它的执着对应的是成功，我的执着，是因为穷得吃不起别的，这年头，穷就等于失败。没有对比就没有伤害，为什么受伤的总是我，唉！

那天，我刚领着女网友吃好麻辣烫出来，就听到朱颜的哑嗓子喊我名字，我一回头，胳膊上便挨了一刀。女网友要报警，被我呵止了。我捂着血淋淋的胳膊，让朱颜快走，透过围观的人群，我一直看着她的背影消失在拐角，才在女网友的陪伴下去医院缝针。从那天起，她就从我的世界里消失了。

前两年，因为开了宠物店，我才开了微信朋友圈。一天，翻朋友圈的时候，我意外地发现她出现在了我的朋友圈里。敢情这些年，她一直没有把我从微信里删除呀。她几乎每天都在朋友圈里晒自拍，看得出，她现在是在北京生活。说实话，每次看到她的动态，我心里都会有点异样的感觉。我这人就跟我养的那些宠物似的，比较冷血。但不知怎的，我唯独对她是动了感情的，她是唯一一个和我正式同居过的女人，也是我唯一一个说过爱的女人。

咳，现在还谈什么爱不爱的，都过去了！我摇了摇头，想把往事从脑袋里给晃荡出来似的。

"嗨，忙啥呢？"我在微信里给朱颜发了条消息。

她没有回复，我继续说："你啥时回来，我请你吃麻辣烫，现在他们这家可火了，全城都被他们这家占领了，开了无数家连锁店，真牛掰！"

那边还是没说话。我不管，我继续说："这些年你过得咋样？呦，到了首都就不理我啦？"

"去你的！"她终于发声了，是条语音。

我一听就乐了，我这人就是犯贱，特喜欢听女人爆粗口。

我和她就这样骂骂咧咧地聊了起来。

我换了身干净的衣服回到爸妈家，等待奶奶的到来。只要奶奶在，无论在哪儿，我都有种家的感觉。那几天，我就腻着奶奶，除了去宠物店看看之外，我什么事也不管。我把手机扔在一边，全心全意地陪奶奶，给她按摩，和她聊天，在她的指导下炒菜做饭。每天，汪洋都打视频电话，我不想听他在地球那边还龇牙咧嘴地骂我的声音，每次视频一接通，我就把手机交给奶奶。奶奶看着汪波家的那俩小子，也眼馋了。她对我说："涛涛，趁着奶奶身体好，你赶紧结婚生孩子，奶奶还能给你看着呢。"我被她说得心发慌，我指望什么结婚生娃啊，自己都快养不活自己了，还养娃，这年头，娃可不是好养的。

腊月十二那天，我和奶奶去大蜀山祭拜了爷爷。从山上回到家时，不知是受了凉还是累的，奶奶突然胸闷气喘起来。

我不敢大意，决定要送奶奶去医院。可她老人家非不肯去，坚持说含几粒救心丸就行了。我看着她吃了药，气喘渐渐平复，等她睡熟，我才到沙发上躺下。我合眼睡的时候，天已经蒙蒙亮了。没睡多久，我就被梦魇住了，感觉像是有个庞大的黑怪物趴在我身上，我好不容易挣扎着醒过来，感觉心还在怦怦狂跳。我喊了声"奶奶"，没人答应，我起身就往卧室跑，见奶奶的嘴角都歪了。我真懊悔为什么要听奶奶的话，不把她及时送到医院！

奶奶在医院里住了二十天，大年初三的早上，她悄悄走了。

二〇二〇年的大年初三，没有一点年味。因为新冠肺炎疫情爆发，按照规定，奶奶的遗体被直接拉到殡仪馆，并且因为疫情，远在加拿大的爸妈、汪波和四叔一家都无法回国，只有二叔二婶、三叔三婶和我陪在奶奶身边，我们眼睁睁地看着她被推进火化炉，一个多小时后，变成了一堆人形的灰烬。非常时期，一切从简。奶奶的骨灰被装进了一只棺状的骨灰盒内，然后寄存在殡仪馆，等着落葬在爷爷旁边。

我几乎是在失重状态下回的家。我说的"家"是宠物店。回家之后，我瘫软地坐在了床上，想哭哭不出，想吼开不了口。

手机响了，我想，肯定是汪洋，他要骂死我这个"孽障"。打开一看，却发现不是，居然是朱颜。

"我还以为你死了呢！"

她一开口，我居然"哇"的一声哭了起来。她肯定是被吓到了，连忙挂了线。

我哭了一会儿，哭完，感觉心头松泛多了。我拿起手机，给朱颜发语音，告诉她，我奶奶去世了。

语音刚发出去，朱颜的视频电话就打过来了，她连珠炮似的问："你说奶奶？她怎么了？什么时候的事儿？"

我又忍不住哭了，边哭边骂自己是个孽障，我怪自己没及时将奶奶送医院，说自己没本事，让奶奶失望。又提到奶奶前些天还说，她要帮我带孩子呢。我就是一个该死的孽障，什么用都没有！

我突然发现，朱颜也哭了。

她说："孽障，你是该死，如果你早点和我联系，奶奶就能看见她的重孙子了！"

"什么？"我几乎不敢相信自己听到的话。

她把镜头对准一个男孩，喊："小猪，过来。"那孩子理都不理，继续猴着身子，缩着脑袋玩乐高。我发现那孩子活脱脱就是从奶奶房间里那张全家福上走下来的我。

日子无论好坏，都逝如流水。今天是二〇二一年的大年初三，奶奶的周年忌日。

我带着朱颜和小猪去看奶奶。小猪九岁了，很皮很闹，到了墓地，我把花交给他，让他把花献摆在我爷爷奶奶的墓旁，然后拉着他跪下来磕头。磕完头，他调皮地伸出手冲着墓碑上慈眉善目的老人说："红包拿来！"

我把小猪搂在怀里，打起汪洋的视频电话，电话接通了，小猪冲着汪洋喊："爷爷爷爷，红包拿来！"我看见汪洋的脸瞬间笑开了花。

朱颜是二〇二〇年二月底带着小猪从北京回来的。在北京的这些年，她做过野模，摆过地摊，当过视频主播……朱颜回来后，我说了当年离开她的原因，并向她坦白，最近主动和她联系的龌龊企图。她"唰唰"甩了我两个耳光后，说："男人常生出自私而狭隘的念头，是因为男人总是看轻女人，潜意识里把女人当作'宠物'。而女人，因为具有母爱的天性，总会原谅男人的荒唐。"说完，她转了五千块给我，让我把客户的押金退了。她说，她压根不知道在她住处附近有个什么办事处，更不认识那里的老板，所以，帮不了我破案。我在给"新客户"转账的时候，发现她已经拉黑了我。

离开墓地后，在回家的路上，再次经过六安路的麻辣烫店。马路牙子上，有守着花桶的卖花姑娘，原来今天还是情人节呢。我掏出揣在怀里的戒指，买了束玫瑰，在麻辣烫店的门口，跪下来，对朱颜大声说："嫁给我吧！"

朱颜拉着小猪立即就跑，我冲出被围观者箍成的人墙，飞快地朝他们跑去，过了这么多年了，我还是很诧异：为什么她穿那么高的高跟鞋还能跑这么快？

只是，跑得再快，她也跑不过时间。时间的长臂一伸，又把我们拥在了一起。

骑　士

　　骑士的朋友圈已经三天没有更新了。许嘉给骑士发了个让他快点出来的表情包之后，就开始点外卖。她在要点鸡排还是煲仔饭的选择上纠结着，后来索性闭上眼，在心里玩"点点豆豆"：点呀，点呀，点豆豆；点呀点，点豆豆，点到谁，就吃谁……她点到的是煲仔饭。

　　煲仔饭做起来有点慢，外卖的时间限制是点餐到送达在半小时之内完成，三十分钟刚到，许嘉就接到外卖小哥的电话，说是就快到了，问许嘉能不能先点收货，许嘉答应，就点了。许嘉这半年，全靠外卖小哥给养活着，不对，是她养活了外卖小哥！她每天点三顿外卖，一天不落地点了半年。这半年，除了隔三岔五地到楼下丰巢柜里取快递，许嘉几乎没出过门。

又半小时过去了，许嘉还没有听到敲门声。她想，不对哦，煲仔饭再慢，也不至于延时这么久。她将外卖小哥的电话回拨过去，在电话等待音漫长到几乎要挂断时，电话才接通。一片嘈杂声里，她听到外卖小哥带着哭腔说："对不起，我被车刮了，外卖都弄毁了，请等一等……"

许嘉听罢，说了句"没事"，便挂了线。这样的情况她之前也遇到过。外卖小哥不容易，要赶着时间，就容易忽略安全问题，不小心摔着碰着是常有的事，这下正好，她倒多了个理由，去点刚才落选的鸡排。

鸡排很快被送来了。许嘉喝着可乐吃着鸡排刷着抖音，倒也惬意。

没过多久，敲门声响起，许嘉应了一声，放下鸡排和手机，起身去开门。从餐桌到进门的过道堆满了来不及拆的快递箱，许嘉小心地绕过或跨过它们，那动作像许嘉小时候在外公家的小院里骑小三轮车，外公特意放了很多小板凳、玩具当障碍物，让许嘉绕过它们练车技。许嘉凭借外公当年对她的训练，十岁就能很熟练地骑自行车了，以至于现在，满过道堆放的障碍物也难不倒身怀技艺的她。打开门，外卖小哥连连道歉，说摔了一跤，饭盒都磕瘪了。许嘉大度地说没事没事，然后看了一眼外卖小哥那摔破了的头盔，关心地问了句："你没什么事吧？"

外卖小哥道了谢，嘴里说着没事，却一瘸一拐地走了。

许嘉把饭顺手搁在门口的一个大快递箱子上，又越过障碍物回到餐桌边继续吃她的鸡排、刷她的抖音。她吃着，笑着，一晚上不觉又过了大半。眼看快十点钟了，她忙到卫生间，洗脸、梳头、涂口红，然后到卧室脱了睡衣，在衣柜里翻翻找找，挑了件黑裙子换上。刚系好腰带，许嘉就听到手机在响，她快步走到餐桌旁，拿起手机，打开微信界面，真准时，十点整，叶玲的视频电话如期而至，她按了接听键。

"额娘吉祥，给额娘请安！"许嘉对着视频里还没有卸妆的叶玲夸张地大叫着。

叶玲在手机屏幕里对着喜宝"叭叭叭"地亲了几口，便把手机放在了什么地方——估计是卫生间洗手池上方的挡板上，因为许嘉听到了哗哗的流水声。然后叶玲开始卸妆了，她卸妆后会开启一个漫长的护肤保养程序，一般她会利用这个时间和许嘉视频聊天，而且主要是她来说。

"宝呀，今天工作顺利吗？"叶玲洗好脸，开始贴面膜的时候，把脸凑到手机前，像是故意要吓唬许嘉似的。许嘉真的被她那张黑色鬼脸面膜给吓了一跳，所以故意夸张地尖叫道："妈耶，有鬼！"

叶玲怕弄皱了刚贴妥的面膜，努着嘴，斜过脸飞了个白眼给喜宝。叶玲那个很妖很媚的飞眼令许嘉心头一紧：原来，她还不老。然而她已经过起了老年生活，每天晚上风雨无阻地到春申广场，与一群大爷大妈一起排练寿州锣鼓。偌大的广场被他们敲得锣鼓喧天，许嘉说那是在扰民，叶玲却说，他们是在弘扬传统文化，在继承非遗呢！许嘉想，好吧，玩吧。许嘉也不想和她争辩什么，既然她不能陪她，她自己找着了乐子，自己还不支持么？"你忙你的，我玩我的"——

这是叶玲挂在嘴边的话。每次听她这么说，许嘉的心都会微微地一皱，弄起几圈忧伤的涟漪，许嘉心疼叶玲的孤独。不过，细想想，谁又不孤独呢？她许嘉自己不也是无奈并孤独地活着吗？

许嘉把手机靠在餐桌对面的酒柜上，端起一只杯底落满了灰的咖啡杯，站在手机镜头可摄的范围里。"额娘最近敲锣鼓的技艺长进了吧？"她紧盯着手机的屏幕，看见叶玲不时将她的黑鬼脸到镜头里晃一下，许嘉知道，她是在监督自己有没有认真地和她聊天。叶玲"唔"了一声。

许嘉又问："有没有帅大叔打你的主意？"

"死丫头！"叶玲伸出一根手指，嗔道。

"有也正常，谁让额娘徐娘不老呢？"许嘉说着咯咯咯地笑了起来。其实这话一点也不好笑，可是不笑，下面又能说什么呢？许嘉每次想不到词时，就傻笑。

叶玲没接话，但许嘉听见了她踢踢踏踏的脚步声，然后是水流声，想来叶玲这是在揭掉"鬼脸"，洗掉残留面膜，即将开始"汤汤水水"地伺候她那张脸了。果然，叶玲的素颜暴露在了许嘉的视线里。

"这么晚了还喝咖啡？晚上吃的什么呀？"叶玲盯着许嘉问。

许嘉说："没办法，等下还要加班做个PPT，所以喝杯咖啡提提神，晚饭吃的雪菜肉丝面，没额娘做得好吃。"

"我的心肝哟，那我过两天来给你做点好吃的！"叶玲估计是把她自己的手机视频当镜子用呢，她一边对着手机"啪啪啪"地往脸上拍着化妆品，一边对许嘉说话。

许嘉赶忙说："多谢额娘！不劳额娘大驾，我过两天就要出差学习，您就安心在家练好您的锣鼓吧！额娘，您抹好香香早点睡吧，我要干活儿了，挂啦，么么哒！"许嘉夸张地冲到手机旁做了个亲吻的表情，旋即挂断了线。然后，她点开和骑士的对话框，她之前发的表情包下还是没有下文。再点开骑士的朋友圈，映入眼帘的依然是三天前的一张图。许嘉在下面评论："哟，画家嘛！画得好，画得妙！"这条被许嘉打了一排鼓掌、彩花、礼物与大拇指表情的评论，一直孤零零的，没有人接话茬儿，许嘉一时有点恼得想删了他。许嘉在心里骂道：三天都不吱一声，你谁呀你！但许嘉想了想，还是忍住了，她倒要看看，他到底是怎么了！俩人加上好友三四个月了吧，虽然交情只是有一搭没一搭地每天说上几句话，但突然删掉，又好像有点割舍不下。这感觉就像堆满了逼仄出租屋的那些衣服，明明不想穿，却总也舍不得丢，下定决心要清理时，也会拿起又放下，总觉得那会有用的。唉，空间就是这么被填满的。所以，看似满当当的空间，其实往往是一派虚空。许嘉想。

想到这儿，许嘉就有点伤心。伤心的时候，她就想吃东西。如果心里空，就把胃填满。不知她从哪里得到的这个理论，居然还写到了微信朋友圈的签名里。

她甩掉了黑裙子，套上宽大得可以塞进两个她的大 T 恤，越过重重障碍去拿放在门口的煲仔饭。打开摔破了的塑料饭盒，舀一勺已经冷掉的煲仔饭送到嘴里。许嘉感觉饭里有什么东西很硌牙，忙吐出来，灯却在那一刻突然灭了。她镇定地打开手机的手电筒功能，靠那束光引着去门口查看电闸。果然是又跳了闸。许嘉将空气开关往上轻轻一扳，光明便重新降临了。可在这片光明里，许嘉却不想继续吃那冷饭了。"索性，再点杯奶茶，配个比萨？可以！"许嘉自言自语地跟自己商量好，便飞快地在手机上下了单，然后继续在网上逛。微信、抖音、快手、小红书、知乎的小组讨论、天猫国际的购物车，手机里上百个 App，无论点开哪一个，都够消磨大把的时间。所以敲门声响起的时候，许嘉一愣，心想一个小视频还没看完，外卖居然已到了，太迅速了吧！她起身去开门，接过外卖，向外卖小哥道个谢，关上门。

在餐桌上打开外卖后，许嘉傻眼了，居然是一大份酸菜鱼！她忙往门口奔，想去喊外卖小哥，情急之下，被一个伸出一个尖角的快递盒给绊了一下，她在身子前倾将要倒地时，出于本能地伸开手准备撑地，结果，碰着了一堆快递盒，快递和她一起倒了下去，她摔了个花样繁复的跤，顿时快递盒在她四周炸得如同天女散花一般，那盆酸菜鱼也被和在了"花"里。等她艰难地爬起来，再扭扭脖子转转手腕和脚踝后，将那摔得爆裂的快递盒捞起来，只见粘着一块红辣椒的包装袋上，赫然写着"1501 室"。原来是粗心的快递小哥少跑了一层楼哇！她转念一想，其实也不怪快递小哥，只能怪自己，一天点三顿外卖，都成外卖小哥的大客户了，估计小哥已忙晕了，看到前面的地址就轻车熟路地摸到自己的门上来了。难怪这么快！

　　许嘉正为摔泼了人家的酸菜鱼而难过，突然听见"咔嚓"一声，暴出了一个炸雷，她惊地"哇"地叫了一声，之后又一个雷仿佛就打在楼顶上，紧接着，雨也哗哗地跟着起了哄。许嘉吓得抱头鼠窜般跑到卧室，"砰"地关上门，缩到了堆满杂志、薯片盒、衣服、手机充电器、iPad 等杂物的床上，拽了空调被就往头上蒙。许嘉怕雷，小时候，只要打雷，她就会往妈妈怀里躲。后来离开家，妈妈不在身边了，遇到打雷她就往床上躲。床真是个好地方哇，这段时间，她待得最多的地方就是床。除了吃一日无数餐以及如厕之外，她几乎一天有二十个小时窝在床上。在床上打游戏、玩手机、吃零食、翻翻书，她感觉惬意极了，如果不是叶玲每天雷打不动地给她打视频电话，她还可以多在床上待半小时——每次和叶玲视频通话都需要半个小时，在这半小时内，她不能赖在床上，只能穿得周周整整地在客厅待着，有时候，还要打个背景，让叶玲以为她在工作、在出差、在咖啡厅、在电影院……

　　即便把脑袋蒙在被子里，许嘉也能听到狂躁的雷声和雨砸在窗上很像敲门的声音。这时电话响了，她想，哟，还真是有人敲门，差点忘了，刚才点的奶茶和披萨。

　　许嘉赤脚跑出去开门，见外卖小哥淋得如落汤鸡似的，哆哆嗦嗦地递上她的外卖，那样子惹得她都有点儿难过了。这么恶劣的天气，他真是用生命在送外卖！可惜，他不是刚才那位快递小哥，不然刚才的"酸菜鱼事件"就能解决了。

　　就在许嘉抱着奶茶窜进卧室的当儿，窗外还猛地亮起一道闪电，接着又响起要把天地炸裂似的雷声：轰——隆隆

隆！被炸裂出了口子的天将雨泼刺刺地往下倒。许嘉抱紧了
她的奶茶，想到外卖小哥此刻正在这漏掉的天空底下骑行着，
她突然觉得自己还是幸运的。如果没失业，自己加班加到这
个点也是常事，那自己不也就要在这漏了底的天下赶路吗？
幸亏呀幸亏自己失业，许嘉想。

　　对于许嘉来说，失业其实并不是多难堪的事，如果不是
怕叶玲担心，许嘉倒是觉得，这半年来的宅居生活比上班要
好很多。那个班，说白了，就是在一个培训学校当代课老师。
但许嘉一直没把实情告诉叶玲，她好歹也是从小城的重点高
中拼杀进 985 院校的——这一直是叶玲引以为傲的事。叶玲
作为单亲妈妈，辛辛苦苦拉扯大一个孩子，还把她送进了 985
院校，多牛的事！许嘉觉得挺对不住叶玲的，她只让叶玲的
骄傲维持了四年。毕业后，从 985 院校大门出来的许嘉也得
面对新挑战：找工作。许嘉那时其实并不想工作，她一直想
考研，但林夕的工作定了，是在省城的一家国企上班。林夕
是许嘉迷了快四年的家伙，临近毕业，他们才谈起恋爱的。
那时，他们正处于热恋的胶着状态，林夕说让她一起回省城，
许嘉想都没想就答应了，在爱情面前，考研算什么。可到了
省城才知道，省城的墙壁有多硬，她因为找工作被碰得头破
血流，而叶玲又成天追问她，想考研还是工作、到哪里工
作……情急之下，她不记得在什么群里看见一条招培训学校
老师的广告后，就去应聘了。她是一应就被聘上了，好家伙，
这培训学校真不吃亏，当天就给她安排了一个班，让她给一
群二十六个英文字母都认不全的熊孩子补英语。这一补就是

三年，如果不是疫情害得培训学校倒闭，许嘉想，让她再补三年都是可能的。她其实是最不喜欢改变的，她特别愿意在一处死待着，像个树懒似的。林夕和她不同，如果说许嘉是树懒，那么林夕就是奔跑的豹子，他喜欢不停地奔跑，并且越跑越快，不到三年时间，他已经把许嘉远远地丢在了身后，和另一只美丽的"金钱豹"奔向了远方，只给许嘉留下几件他穿旧的衣裳和几本他没翻过的书。

　　失恋兼失业的许嘉从此有了大把的时间在网上游荡。在林夕拖着行李箱离开她的那天，她坐在林夕常坐的电脑桌旁，对着空空如也的电脑桌——林夕的那台苹果一体机已被他装箱带走，她想哭，却没有眼泪。许嘉从小就是个眼泪特别金贵的孩子，很少哭闹，叶玲常用炫耀的口气对人夸赞许嘉的乖巧："三岁就能一个人在家里看动画片看半天，要不是她乖，我哪里带得了她呦。"三岁就失去父亲的许嘉，似乎对情感上的伤痛有了天然的免疫力，所以，当林夕说要分手的时候，她没有一句质问与挽留，很自然地从此一别两宽。刚开始分手那会儿，两人微信都没有删，许嘉甚至还像过去一样给他的朋友圈点赞，直到有一天突然想到很久没有见他发朋友圈，特意点开他的朋友圈，才发现，不知什么时候已被他删除了好友，许嘉这才也删掉了他。

　　还是回到林夕刚离开她的那天，许嘉对着空荡荡的电脑桌，有了一种空茫悲怆的感觉。她把自己的笔记本从飘窗上拿过来，打开美剧，总感觉端坐在那里不是看美剧的姿势。索性，下了个游戏，潜进去扮仙演侠。许嘉是在游戏里遇到骑士的，在她命悬一线的时候，骑士救了她。他们在游戏里合力降魔，很是默契。只是，骑士很少出现。许嘉记得，三月中旬的一个深夜，游戏里，战败的骑士说："命运的轮子比磨坊的轮子还转得快，昨天还平步青云，今天就掉在泥里。"许嘉一听就笑了，她随手打出"堂吉诃德"四个字。这本她烂熟于心的书，正躺在床上，每天都要被她翻几页。书是林夕的，当初在大学里，校戏剧社社长林夕同学曾经排过话剧《堂吉诃德》，她就是因为看他演的堂吉诃德才迷上他，并喜欢上《堂吉诃德》这本书的。

骑士那天主动加了许嘉的微信。他打招呼的方式很是特别，没有说"你好"，没有发咖啡或鲜花的表情，而是发了一句话："富翁有人谄媚趋奉，有品有德的穷汉也是有人拥戴敬重的。"许嘉自然知道，这也是《堂吉诃德》里的话。

许嘉不爱话剧腔，她直接问："你也喜欢《堂吉诃德》？"

骑士说："我喜欢堂吉诃德，他是位真正的骑士。"

许嘉盯着他的头像，一个五彩的风车，不知道该怎么往下接他的话。好在，骑士很快说了句："有事，下了，空聊，拜拜。"

许嘉迅速回了个再见的表情，便结束了他们的第一次微信聊天。接着，许嘉点开他的朋友圈。很好，他坦白地将自己的朋友圈敞开着，没有设置什么"三天可见""一个月可见""半年可见"。许嘉像条鲸，在骑士那海洋般浩瀚无边的朋友圈里游弋。骑士的朋友圈精彩纷呈，里面转发了许多关于漫画、手绘、足球、音乐、电影、文学的链接，以及构图很专业、图景很艺术的照片。许嘉阅完骑士五年来所有的朋友圈内容，放下手机，绕颈伸臂地活动颈椎时，发现曦光已从窗口乍现。一夜不眠，许嘉觉得肚子饿得很，便又拿起手机点外卖。点完吃的，手机还是放不下，拿到卫生间，坐在马桶上继续刷屏。

许嘉先看新冠疫情的最新通报。到三月中旬，国内的新冠疫情已经逐渐稳定，但国外的疫情却开始肆虐。如今通信与交通的高度发达，让地球成了一个小村子，全世界都被一根线捆得牢牢的，谁都挣不脱这个缠绕的线圈。

许嘉离开马桶正要洗漱的时候，叶玲发来了语音，说要给她寄馓子。馓子是许嘉老家的一种油炸面点，林夕很爱吃。叶玲还不知道许嘉已经和林夕分手的事儿，当然，她更不知道许嘉失业的事，她一直以为宝贝女儿是省城重点中学的英语老师呢。不过分手这事儿，许嘉倒不是很担心叶玲知道。因为叶玲从一开始就对林夕不太满意。人都说，丈母娘看女婿越看越欢喜，但叶玲不一样，叶玲既当妈又当爹，除了丈母娘还兼着老丈人的角色，老丈人看女婿，那可就挑剔了。所以，叶玲火眼金睛地看出林夕不是个可靠的主，并偷偷给许嘉提过醒，让她不要太实心眼儿，万一哪天……

"万一"的这天是在年前发生的。腊月二十三，传统的小年日，这一天，许嘉他们老家称作"祭灶日"。许嘉按照叶玲的嘱咐，下班后绕道去超市买祭灶王爷的灶糖。在超市门口，她看见了林夕坐在一辆红色的宝马mini里，在他的旁边，是个陌生的女人。许嘉买了灶糖回到家时，林夕已经在收拾东西了。他说："对不起，我走了，你好好照顾自己，房租我交到了明年七月。"许嘉愣了愣神，在他关门离去后，才嗫嚅道："再见。"

就是从那一天起，许嘉开始玩网络游戏的。

农历腊月二十八那天，许嘉给一个熊孩子上完一对一的课后，才挤着班车回到小城。在叶玲给她铺得暄软的床上一觉醒来时，阳光透过碎花窗帘，将窗台上的一盆蟹爪兰的影子印到了墙上，那影子张牙舞爪的，像个要吃人的怪物。那么美的花，影子却如此狰狞。许嘉拿手机拍下这影子，给那张图片配了个"魔"字随后发了朋友圈，发完后，便点开了朋友圈。朋友圈里全是武汉封城的消息。网上沸沸扬扬的疫情消息，许嘉始终对其有种见怪不怪的麻木感，她完全没想到疫情已经严峻到这个地步了，居然要封城！

"宝哎，快起来！"叶玲穿了件花花绿绿的棉袍推门而入，正好把那个鬼影子给挡住了，墙上印了叶玲盘着高高发髻的脑袋，"跟我去超市买点东西在家备着，听说武汉都封了！"

许嘉挽着"母后"的胳膊穿过巷子走到街上，快过年的小城比省城热闹多了，平日里已经有些凋敝的老城区，现在重新焕发了生机。叶玲的脸上堆满了笑，见到熟人就说："趁丫头放假从省城回来，去超市多买点东西。"许嘉有点尴尬，明明点头一笑就可以擦肩而过的，叶玲非要跟人家多说这句话，这让许嘉想起她上学时，叶玲也总能找到机会告诉人家许嘉的成绩和排名。所以，叶玲在街坊邻居面前不受欢迎，连带着，大家也都不太待见许嘉，许嘉从小就过得很孤独。

　　叶玲简直是以把超市给搬回家的姿态购物的。事实证明叶玲是英明的。才过完年没几天，小城也封了。小区大门和巷口都设了卡点，没有物业和社区发放的通行证，寸步难行。即便有通行证，也不能随意出门，两天一户出去一个人采买物资，限时两小时。许嘉和叶玲整天待在家里，开始叶玲还挺兴奋的，说是三年了，难得娘儿俩能这样天天在一起。她就变着花样儿做吃的，炸各种丸子，什么猪肉丸子、牛肉丸子、南瓜丸子、山芋丸子。闭关的第一周，许嘉每天都嘴巴不停地吃着叶玲炸的各种丸子。有天照镜子，她发现自己的双下巴都起来了，便向叶玲抗议，不能再这样吃下去了，再吃，她就该下油锅被炸了。叶玲看着许嘉那已成满月的脸，笑道："还真快成四喜丸子了，哈哈哈！"

　　叶玲不折腾吃，就折腾家里的旧物。

　　许嘉家住的是带院子的底楼，房子是外公去世后留给她们的。院子里当年自建了两间平房，一间改造成了厨房，一间是储藏室，堆放着家里的陈年旧物。现在有的是大把无处消耗的时间，叶玲吩咐许嘉，把储藏室给收拾收拾。

　　许嘉一进储藏室，感觉就像进了博物馆，许嘉甚至从墙角的拐橱旁拎出一辆锈迹斑斑的童车——外公给她买的三轮车。许嘉望着这辆小小的三轮车，想象着十几二十年前的自己骑着它在巷子里玩的画景。她在小院里练好了车技便开始向往外面的世界，其实也不是向往外面的世界，而是需要外人羡慕的目光。许嘉心想，虚荣是人的天性。这辆小童车还勾起了许嘉的回忆，她想起了黑皮——她童年唯一的玩伴。能有这么个玩伴，还多亏了这辆小车。当年许嘉在巷子里骑车玩，常看见一个小男孩在不远处盯着她。许嘉把车骑到他身边，主动和他说话，让他骑车。男孩的奶奶总在巷口买烤山芋，男孩偶尔会揣个烤山芋给许嘉。许嘉还记得他叫黑皮，玻璃弹珠打得很准，车也骑得很好。他从不骂人也从不打架，但许嘉家的大人们却不许许嘉和他玩。大人们说他爸爸是坐过牢的。他爸爸坐牢他就是坏孩子吗？许嘉想过这个问题，继而又想：没有小朋友和自己玩，而且自己也没有爸爸，是不是自己的爸爸也在坐牢呢？这样的疑问她曾经问过外公和妈妈，他们都告诉她，你爸爸在外地赚钱呢。

　　许嘉又从储藏室里翻出一大摞笔记本、影集，还有一本用旧挂历纸包了书皮的旧书，许嘉翻开它，原来它不是书，而是一本日记。日记的扉页上写着一个她熟悉的名字，那个名字像一个符号，不像其他名字，看到了就能对应起人的形象。那个写着父亲名字的日记本，落墨的时间是一九九五年，她出生的那一年。她好奇地一页页翻看着，如考证一般，想找到关于自己的只言片语。终于找到了，在十一月四日那天，他写道："孩子就快出生了，我感到压力很大，父母养我不易，我刚工作不久，工资低，买不起房子，孩子的出世等于是对我的捆绑。我还年轻，还想去看看外面的世界……"许嘉的心怦怦地跳得很厉害。这就是她的父亲，对她的出生没有期待，对她的存在没有付出。直到今天，她都不知道父亲在哪里，父亲长什么样子，据说，父亲在她三岁那年就离家出走了。多少次，她想问叶玲关于父亲的问题，但她都忍住了，外公临终前交代她，要善待妈妈，不要惹她伤心。她知道，关于父亲的话题肯定是会勾起叶玲的伤心事的，所以，她一直忍着。今天，她不想忍了。

捧着那本日记，许嘉走出储藏室，来到叶玲身边，叶玲正坐在沙发上嗑瓜子、看电视。许嘉开门见山地问："额娘，跟我说说他吧。"说着，她把那本日记放在了茶几的瓜子碟旁。叶玲的表情僵了。她沉默了片刻，拿起那本日记，又笑了，说："居然翻出罪证了！你看到也好。好吧，我们就来说说他，可能早就该说了，但你没问，我以为说他就没必要。你知道的，他在你三岁那年离家出走了，他是携款潜逃。我也是后来才知道，和他一起走的，还有一个女人，他们是同事，据说他们还生了个孩子。"

"没了？额娘厉害，二十多年的历史被你三言两语就交代清楚了，笔力当如司马迁呀！"许嘉知道，叶玲在说这番话时肯定还是伤了心的，尤其是后面那句"他们还生了孩子"。

"宝，别怪妈，其实，他年前联系我了，说是得了肝癌，晚期，想和你见上最后一面。我、我没答应。"叶玲把日记本拿在手里，重复着翻页的动作，像扇扇子似的，掀起一阵散发着陈年霉味的微风，扩散在沉寂的空间里。叶玲突然合上日记本，将它重重地撂在了茶几上，起身，去拿她放在餐桌上的手机，然后念出一串数字，让许嘉记下。"这是你爸的号码，要不，你还是去看看他吧。"说完这句话，叶玲像被耗掉了很大精力似的，放下了手机，塌着肩勾着头往厨房走去。

许嘉也离开客厅，进了自己房间，连做了好几个深呼吸也没有勇气拨打叶玲给她的号码。"父亲"二字，对许嘉而言，只是一个词组，她从未获得过父亲给予的关护、疼爱与温暖。手机上的这串号码连通的正是她的父亲，一个在基因与血缘上与她密不可分的男人，却又是她感情上、生活中的陌生人。可是他病了，肝癌，还是晚期。许嘉想到她看的那些电影、那些小说、那些网剧，感觉自己那一刻的经历比最水的肥皂剧还假。但她还是拨通了那串号码，心狂跳着，想着电话接通时她要不要喊声"爸爸"。很意外，居然关机。

雷不响了，雨也小了。许嘉从空调被里伸出脑袋，伸展了蜷了好半晌的四肢，再缓缓坐起来，抓过奶茶和披萨。奶茶的温度刚刚好，披萨有点硬，第一口吃起来有点像在老家吃的隔夜的火烧馍。许嘉上六年级那年，外公去世，外公去世后，她就常啃隔夜的火烧馍。那时从种子公司下岗的叶玲刚找到一份推销奶粉的工作，每天一大早要赶早班车去乡镇的超市，常在头天晚上买了火烧馍，让许嘉第二天当早饭吃。许嘉这顿披萨吃得颇有点伤感。在很长一段时间，她心烦到无法排遣时，就很想打游戏。可是，常在游戏里保护她的骑士已经很久没有现身了。没有骑士，许嘉很快就"死"了。她退出游戏，觉得游戏和生活一样，都挺没劲的。她突然很想弄清楚一些事，当然，她知道很多事越是想理清就越是理不清。但不管了，她又找出那个号码，拨出去，结果依然是关机。这个号，自从叶玲那天给她，她拨过一次无果后，就再也没有拨打过。但今天，许嘉心里躁得很，怎样也打不通。她想了想，打开微信的添加好友功能，输入手机号码，一搜索，出现的居然是那个三天未更新朋友圈的"骑士"……

云　山

　　曹晔听到那阵略显拖沓的脚步声由远及近，在他门口止步，接下来，伴着窸窣声，一个烟熏嗓子"咳咳咳"地清了清喉咙后说："开饭喽！"曹晔看了一眼手表，饭送得很准时，上午七点整。这是他隔离以来吃的第三顿早餐，这三顿早餐的开饭时间都精准在早七点。

　　曹晔应了一声，翻身下床。床是一米宽的木板床，一层薄薄的空调被上覆了一层硬硌硌的棉布床单，床单是新的，铺之前也没有过水洗一遍。曹晔等那拖沓的脚步声渐渐远了，才打开门，弯腰从门口的地上拿起一个袋口扎得紧紧的红色塑料袋。他回屋，把袋子放在床头柜上，不用打开看，他也知道，袋子里面装了两根油条、一个糍粑、一个茶叶蛋外加一碗盛在一次性塑料饭盒里的绿豆稀饭，也许稀饭里会有两块煮得稀烂的南瓜，也许没有。他打开塑料袋，果不其然，如他所料，只是稀饭里多了两枚煮得过烂的红枣。

一天二十四小时窝在这间不足十平方米的小屋里，吃了睡，睡了吃，这待遇让每两天就值一个二十四小时班的曹晔感到奢侈得坐卧不安。这会儿，曹晔还不觉得饿，他把盛稀饭的饭盒盖子打开，将空调的风向调成上下扫风，这样，悬在床头的空调正好能把凉风送到床头柜上把这碗稀饭给吹凉。他起身，站在窗前，北窗外是开始抽穗的稻田，一块又一块绿色的稻田无声地延展成一片绿色海洋，晨风下，青绿的秧苗犹如身姿曼妙的舞者随着韵律摇摆，仿佛知道远处的那栋楼房的二楼窗口站着观景者——它们仿佛好久都没有被人如此欣赏过了。曹晔出神地望着眼前那起起伏伏的绿色波浪，以及闪耀在绿波上的光斑。才早晨七点钟，阳光锐利的芒剑已经在四野里布下了刺眼的光阵。那些投射在叶片上的光斑点点相连，成了一面面对抗日光炙烤的金色盾牌，或一道道被光灼伤的金色疤痕。

空调突然发出"吱吱吱"的刺耳杂音，将曹晔的目光从窗外拉回来，空调出风口的挡板无力地震颤着，显出了不上不下的尴尬。他抬腿站到了床上，伸出他的长胳膊抬手轻轻把挡板往上一递，空调便乖乖地不吱声了。"哎，有劳啦！"曹晔对空调说，然而他并不确定这句话到底只是在心里想的，还是已说出了口。被隔离的这三天，曹晔感觉自己像个君王一般，独自占领了这栋有着六十个一模一样隔离房间的两层楼房，唯一与君王不同的是，他的身边没有簇拥他的臣子、奴仆与嫔妃。他是一个不统治任何人的君王，他占领一栋房子，拥有一方田野、一片田野上方他目力可及的天空，还有不时从他的窗口掠过的鸟雀、蜂蝶、蜻蜓、飞蛾，甚至还有久违了的萤火虫。那晚起夜时，他无意望了一眼窗外，居然发现了一簇簇移动的光影，看了好一会儿，他才想到：萤火虫！同时，他被自己的声音吓了一跳。那么刚才，他肯定也是把对空调讲的那句"有劳啦"说出了声。曹晔突然想到了爷爷，记得小时候和爷爷在一起，他常听爷爷自言自语地说话。此刻，他才明白，人之所以会自言自语，是因为人没有说话的对象，自言自语恐怕也是人的一种自我保护机制，因为如果不这样，一个孤单的人其语言功能就会因为没有对话者而丧失。想到这儿，曹晔突然"嘿嘿"地笑出了声，他笑自己也会因为无聊而胡思乱想，恐怕胡思乱想也是一种自保……想到这儿，曹晔摇摇头，决定不再继续自己的无聊联想了。他坐在床边，开始吃早餐。

刚吞下一个茶叶蛋，手机就在床头柜上震了起来。他抓起手机，看了一眼，是个陌生号码的来电，他按了接听键，听到一个女声带有一丝犹疑地问："请问是曹晔吗？"

"你哪位？"曹晔本能地以职业的警觉回问。

"我是隔离点的医务人员，今早你的体温测了吗？多少度？"那女声听起来，显得略有些慌张。

"六点半时测了，正常的，三十六度五。你们换班了是吗？"曹晔说完后悔了，最后那个问句应该是留在心里的，结果被他脱口而出，显得他多饶舌似的。对方回了个"是"，又慌里慌张地道了声"再见"后便匆匆挂了电话。

　　把手机放回原位后，曹晔继续吃自己的早餐。稀饭已经不烫了，温热的口感正适宜他大口去喝，虽然他希望面前有碗加辣的牛肉汤，但没有也就罢了，他只好认真地把稀饭喝了个底朝天。"浪费就是犯罪"——这句话已经被爷爷镌刻在他的心上，以至于他这个90后的年轻人身上有着令人费解的俭朴。他用的还是五年前刚入警时换的那部手机，在那之前，他只用过两部手机，第一部手机是二〇〇三年到爷爷家之前，他妈用过的一部白色翻盖的 TCL 手机。他还记得妈妈收到爸爸送她这款手机时的模样：她披着齐肩的直发，穿着红色的毛线裙，把那个白色的蓝宝石翻盖手机挂在胸前——那个手机上有条白色水晶珠子串成的链子。如今妈妈的面容在他心里已经模糊了，她已经走了快二十年。随着时间的流逝，曹晔已经很少再想起妈妈，并且想起她的时候，也不再像刚刚失去她时那般难过了。时间会给死亡的阴影蒙上纱衣，不仅如此，时间也会模糊活人的记忆。人们喜欢说时间如流水，是的，曹晔认可这种比喻，但他觉得时间也像泥沙，可以埋葬许多曾经鲜活的人、事以及当时以为会永远不可磨灭的记忆。曹晔使用的第二部手机是他收到大学录取通知书向爷爷报喜时，爷爷揣着钱领他去街上的移动公司买的一款智能手机。曹晔还记得当他第一次在手机上登录了自己的QQ账号时的激动之情。在那之前，他只能在偶尔去网吧上网时才能登录QQ，在与她的聊天对话框里写下大段大段的留言。她也是，那时她家里没有电脑，且父母管教严格，不许她随便去网吧，只允许她在必须上网的时候，由大人领着去她爸的办公室上网。咳，怎么又想到她了！曹晔将实在吃不下的半截油条放在敞开的塑料袋里——等小晌午时饿了再吃，接着，他把一次性饭盒、蛋壳等丢进垃圾桶，然后开始准备给房间进行常规消毒。

就在曹晔进卫生间消毒时，一阵急切的敲门声传进他警觉的双耳中。他放下消毒剂，走出卫生间，冲着门说了句："你好！"门外传来因隔着口罩而显得有些瓮的声音，但曹晔还是能听出来那是刚才打电话询问他体温的女声。她说，刚才打他电话他没接，所以她直接上来了，他已经隔离了三天，按照规定，今天需要再做一次核酸检测，请他开门配合。

曹晔打开门，把穿着厚重防护服的医生请进了房间，然后按照她的要求，配合着她完成了核酸检测采样。曹晔正为刚才采样时遏制不住的恶心神情感到羞愧，以低头咳嗽来掩饰尴尬时，医生已经收拾好一切转身离去。曹晔惊异地发现，医生走起路来微跛的样子很像一个人，一个十几年前的同学，并且这里恰恰就是他们共同念过书的母校！没错，这个隔离点正是曹晔就读过的向义中学，那时它是有着九个班级的乡村中学。

那天夜里被救护车送至这个隔离点的时候，曹晔就懵了，心想隔离点怎么会设在这儿？这不是他曾经度过一年不愉快时光的学校吗？这得把时光往前追溯到二〇〇三年。那年的春学期，爸爸把曹晔送到乡下爷爷家，因为妈妈走了，爸爸一个人没法带他。"爷爷家就挨着学校的院墙，干脆去爷爷家读完初中再回城吧。"爸爸对曹晔说这话时，曹晔没吭声，算是默认了爸爸的决定。妈妈的去世让曹晔对未来的生活充满恐惧。长到十二岁，他的世界里几乎没有爸爸的身影，他的脑海里全是妈妈：妈妈送他上学、接他放学、带他去游乐场、给他做好吃的……爸爸是个公务繁忙的警察，在家里常常缺席，偶尔见到他，他也总爱唬起脸对曹晔说句"把作业拿来给我看看"，曹晔可不想跟着这样无趣又严厉的爸爸生活。那就去爷爷家好了，他想，虽然爷爷家在农村，但爷爷总是笑眯眯地望着他，一口一个"大孙子"地唤他。每次见面，爷爷总要往他口袋里偷偷塞好多钱，还让他不要告诉他爸妈，曹晔买变形金刚时花的都是爷爷给他的私房钱。

真到爷爷家住了下来，曹晔才发现，爷爷家没有抽水马桶，上厕所要到又脏又臭的茅厕——院子外那间用碎砖砌了三面墙、搭了两块石棉瓦当顶、用蛇皮袋当门的小棚子。茅厕外观很寒酸，内环境就更别提了。曹晔伸头探脑地看过一眼：两块窄长的木板架在一口埋在地里的大缸上，那木板是供如厕的人踏在上面的。曹晔觉得自己压根没法稳当地踏在上面支撑住自己，于是他憋了三天没去大便。至于小便，作为男孩子，趁人不备就能在野地里解决了。爷爷不知怎么竟发现了他不肯上家里茅厕的秘密，便带他去一墙之隔的学校上，虽然学校的公厕也是旱厕，但它至少比爷爷家的茅厕要敞亮得多。在爷爷家过了一个礼拜，直到学校开学，爸爸也没有按照之前的约定来爷爷家送他去上学，而是打来电话说，他正在外地抓罪犯，让他和爷爷一起去学校报到。爷爷带曹晔去学校找到教导主任，教导主任是曹晔爸爸的中学同学，他把曹晔领进了初一年级一班的教室。讲台上站着一位扎马尾辫的女老师，她环顾了一下教室，便喊了一个学生的名字，让他到后排去，然后安排曹晔坐在了那个男生的位置上。

在曹晔的记忆里，二〇〇三年的大事记上写着妈妈去世、转学和"非典"三件大事。在他的印象中，开学没多久，学校就因为"非典"放假了。放假期间，曹晔在爷爷家，每天守着家里那台只能收看五个频道的电视机，新闻联播里每天都播放"非典"导致的死亡人数。曹晔想，那些死亡者的名单里，一定有很多当妈妈的人，那么她们的孩子也和自己一样，从此成了一根可怜的草，"有妈的孩子像块宝，没妈的孩子像根草"，那是妈妈教他唱的歌，每天晚上睡觉前想妈妈的时候，他都会一边悄悄流泪一边在心里默默地唱这首歌。爸爸直到六一儿童节才会赶来，带来一堆他并不爱吃的零食。令曹晔不开心的是，爸爸居然在上课的时候来到教室门口，不仅在全班面前喊了他的小名"大宝"，还问了老师王小亚是哪一个。

王小亚是个跛脚的女生，长得和刚才给他做核酸采样的医生有点儿像。曹晔现在想不起来当年他拼命和同学打架的具体原因了，但可以肯定的是，那和王小亚有关。

住进来的前两天，曹晔就仔细地观察了这里的环境，并和记忆中二〇〇三年他曾读书的校园去对应。他一眼就认出自己住的这间房是当年初三一班的教室，王小亚要是在那所中学读下去，升到初三时他就会坐在这间教室里。想到这儿，曹晔又像办案时寻找蛛丝马迹一般细致地察看墙壁，看了会儿，他不由笑出了声。都过了快二十年了，难不成这墙壁上还有当年那群浑小子们写的"大宝和小丫是对好朋友""小丫是大宝的新娘子"之类的大字？那群野孩子最爱给同学取外号了，曹晔因为爸爸在教室门口喊了他一声"大宝"，这个乳名就成了他的外号，而"小丫"则是王小亚的外号，源于她的名字与当年一位很火的女主持人王小丫的名字谐音。至于他们为什么要拿王小亚和他拉郎配，曹晔一直不得其解，因为他甚至没有和王小亚说过一句话，不仅是他没和她说过话，估计全班男生都没能有幸听过她的声音，她在班里几乎是一个哑巴，就连老师的提问，她也不回答。但这样一个老实巴交的甚至还有点残疾的女孩子，为什么会成为"绯闻"女主角呢？一直以来，都是那些活动爱笑、生得好看、懂得打扮或有点特长的女生会成为众矢之的的绯闻女主啊，直到现在，曹晔都不知道王小亚或者他本人到底做了什么，让人误以为他们俩是一对儿。

好奇心一旦被挑起来，就一发不可收拾。曹晔希望医生就是王小亚，甚至，他已经确定了医生就是王小亚。他拿起手机，将刚才那个未接的电话回拨过去："王医生你好！"说完，他就觉得自己有点阴险了，居然用上了刑侦手段。对方迟疑了一下，答："你好，哪里不舒服吗？"顿时，他感到心跳加速，果然是她！

"没什么，就是感觉心跳得不大对劲，还有，嗓子有点不舒服。"他这也算是如实回答。

"之前有过心脏病史吗？家里有没有心脏病患者？嗓子不舒服先观察一下，可能与刚才采样有关。"

"没有发现家里人有心脏疾病，但我妈是因为心脏病去世的，猝死，三十多岁就走了。"曹晔说。手机陷入一阵沉默后，听筒里传来王医生迟疑的声音："你是曹叔叔家的曹晔？"

"你是小丫，哦不，你是王小亚？"曹晔欣喜若狂。

"是的，你还记得我啊。曹叔叔他好吗？"

"当然记得你啦，咱俩不是同学么，还是一对好朋友，哈哈哈！"曹晔说罢感觉有点失礼了，赶忙紧接着回答她的问题，"我爸挺好的……哎，不好意思，我有个工作电话进来，先挂了哈！"

"谢天谢地！"曹晔想着，或者是说着，同时接了同事的电话，挂了电话，他大声说了句："谢天谢地！"看来那一趟没白跑，这一次也没白隔离，不仅他之前参与的抓捕行动大获全胜，而且通过审讯，犯罪嫌疑人还交代了一桩二十年前的旧案。

心情大好的曹晔，开心得不知该怎么办才好。他在那间由过去的教室三等分改建成的隔离房里兴奋得想跑、想跳、想唱，可惜，屋子里空间太小——就那么一个十平方米的房间，还在里面建了个卫生间，简直就像是在螺蛳壳里做道场。

曹晔对着窗口吼了几嗓子后，决定还是给王小亚打电话。刚才谢天谢地同事及时来电拯救了他，他可不想和别人谈他爸，难道告诉王小亚，他爸新娶了老婆又生了个儿子吗？不知道的人都以为那是他曹晔的儿子呢。

王小亚仿佛盯着手机一直在等他打电话似的，曹晔刚按下呼叫键，听筒里就传来了她的声音。曹晔掩不住得意地向她简单通报了自己取得的胜利，没想到她却没有回应。

"喂，信号不好吗？"曹晔自言自语地说。

电话断了，旋即又震。曹晔皱着眉，按了接听键："儿子，好样的，没想到这案子在你手里给破了！"对那个激动的声音，曹晔只淡淡地说了句："是大家的功劳。"然后就挂了线。他索性放下手机，站到窗前，看云。曹晔想起曾在他关注的一个公众号读过一篇写云的文章，那篇文章很有意思，叫什么《云山》，通篇都在云里雾里地瞎扯，就像他此刻，什么都往一块联想，瞎想。

窗外的云，一朵挨一朵，渐渐堆积成了云山。不多时，凑成云山的云又分裂成了云艇，两艘在蓝色大海里的游艇，没多久，云艇变形成了马群，马群幻化成了岛屿，岛屿演变成了雄狮……曹晔想，这变幻莫测的云，比他的变形金刚更多变。想起变形金刚的同时，曹晔想到了爷爷。当年，爷爷家就在这窗外，三间红砖房，一个空心砖砌墙围成的小院，院子里养着一群鸡、一条狗、一只猫，还有两只山羊。曹晔记得，当年，爷爷家屋后还有一条小河沟，河沟两边的沟沿长着柳树。早春，柳树还没发青的时候，爷爷常折下柳枝给他做了许多柳皮哨子，爷爷把柳皮哨子放在嘴里，变魔术般吹出了嘹亮的哨音。而他，无论爷爷怎么教，他始终没能吹响那些哨子。虽然吹哨没有成功，但他却记住了柳皮那青涩的味道。很多年后，他坐在护城河边等她的时候，心里就不时泛上那种柳皮般清新却苦涩的滋味。她终究没有去，爽约了很多很多年，直到今天。

从窗口望出去的那一片天幕上，如草原上的羊群般闲散的云朵们渐渐散成了云絮，丝丝缕缕地浮在天上，害得那蓝天就像是没掏掉衣服口袋里的纸团就放进洗衣机里漂洗后的毛衣似的，沾满了摘也摘不完的毛絮。在爷爷家读书那会儿，曹晔穿过一件妈妈亲手织的天蓝色的毛衣外套，期中考试前，曹晔把小抄团成纸团儿，装进了口袋，事后忘了掏出来。那件毛衣穿脏后，被爷爷丢进洗衣机里洗。那一洗，不仅把毛衣洗缩了，还把那件天蓝色的毛衣洗成了长满白毛的"毛衣"。望着那"毛衣"，听着爷爷的自责，曹晔心痛如绞。时隔多年后，如今无论是想起妈妈还是爷爷，曹晔都已不再心痛。他站在窗前，任由自己在回忆里沦陷，逝者唯有在亲人的回忆里才能重活一遭。这几天，他感觉自己的心也粘满了回忆的毛絮儿，怎么摘也摘不净。

朝窗外望久了，曹晔甚至能从稻田里看见往事像蠓虫般朝眼前飞来。

在爷爷家的那一年，他学会了打架，最后居然以一对二，把一对兄弟一个打破了头，一个打折了鼻梁骨……

手机的振动声驱赶了他眼前的"蠓虫"，是一通工作电话。琐碎的事情，他耐心地处理妥当，挂了电话。手机在握，他免不了又想到王小亚，刚才那一通非正常完结的通话，让他有点想再打通电话给她，继续刚才的话题。刚才想和她说什么来着？哦，对，是他们揪出了一个潜逃二十年的罪犯。

法网恢恢呀。曹晔的电话都回拨过去了，他又赶紧给断了。他突然想起来，跟她聊这个不是很合适。

拖沓的脚步声与清理嗓子的咳嗽声像送餐前奏般响起的时候，又一个中午到来了。"吃饭咯！"依旧是那个哑嗓子在门口喊叫。

曹晔隔着门冲送饭的人道了谢。他猜那一定是位有关节炎的老人，少说也得有七十岁了。爷爷走的时候，也不过七十三岁，最后他歪着脑袋坐在一桌酒菜旁，被人发现的时候，身子已经僵冷了。那是四年前，爷爷刚搬进新宅后的第一个中秋节。当年，爸爸得知曹晔打架被学校开除后，赶到爷爷家就对曹晔拳打脚踢。爷爷恼了，砸断了一把椅子，操起一只椅子腿，就往打他大孙子的儿子身上抡……

曹晔吃完午饭，睡了个长长的午觉。醒来后，曹晔还久久不愿起身，因为在梦里他对爷爷的提问，还没有得到回答。

手机的振动，令他睁开了双眼。他歪着身，伸手从床头柜上拿过手机，一看又是陌生的来电。接通后，对方告知他，今天的核酸检测结果是阴性。曹晔道了谢后，又多问了一句："你接王医生的班啦？"

"王医生？我们这儿没有王医生呀。"对方是个男医生，说罢就挂了线。一个未说出口的问句憋在了曹晔心里。

好不容易捱到了下午五点钟，曹晔测完体温后，立马拨了王小亚的号码，准备告知她自己的体温。可电话拨了许久，却无人接听，曹晔只好回拨下午告知他核酸检测结果的那个医生的号码。对方很快地接了电话，曹晔报告了自己的体温后，唯恐他挂线，立马递上自己的疑问："请问，上午给我做核酸检测的是不是王医生？"

"不是啊，她姓方。"

"她不叫王小亚吗？"曹晔不死心地追问。

"你听岔了吧？她叫方小亚。怎么了？她态度不好？你别计较，多担待些，她家里有事。"男医生说完又迅速地挂了。

方小亚？不对呀，她明明就叫王小亚，因为那时有个很有名的主持人王小丫，所以上学时那帮浑小子才给她取了"小丫"这个外号。当年，曹晔之所以要发狠揍那对孪生兄弟，就是因为他们在球场上起哄喊："大宝和小丫是好朋友，吼吼吼，大宝和小丫……"正在球场上掂排球的曹晔听到后，立马就举起球朝起哄的那帮家伙砸过去，人群一哄而散，但那对孪生兄弟却仗着他们人多以众欺寡，其中一个拾起球就往曹晔身上砸，另一个则骂骂咧咧地说："长臂猿配瘸腿狗！"曹晔一个箭步冲上前，一拳砸在他那张骂人臭嘴上方的鼻梁上。拿球砸人的那家伙，看自己兄弟被揍得鼻孔蹿血，便朝曹晔扑去。曹晔被扑倒在地，也不知挨了对方几拳几脚后，伸出他的长臂，够到了一块碎砖，正骑在他身上发威的那小子，脑袋立马就被敲开了花。

这就是十几年前曾经发生在这里的流血事件。曹晔断定，这栋隔离楼对面的那栋三层的楼房就立在当年滋事的球场上。当年球场旁有片工地，据说是希望工程要建新的教学楼。没想到，当年被好几百号学生喧闹着的学校，只不过经历了十几年时间，就荒废至此了。不过，与荒废的校园相比，这个偏远的小镇倒是发生了翻天覆地的巨变。机场、高速公路、都市经济圈……都市化的进程与新农村建设的触角，悄悄地伸进了这里。曹晔入警后被分配到园区派出所工作时，爷爷比谁都高兴，因为移民迁建，政府赔给他一套带抽水马桶的电梯房，房子离曹晔工作的派出所不足五里地。他自言自语地说："老天有眼，当年我亲手带大的大孙子，现在就在眼皮子底下了。"只可惜，在眼皮子底下的大孙子也没能尽孝。曹晔一想到这里，心里便硌得慌。

王小亚的电话还是没人接。曹晔突然灵机一动，打开QQ。他飞快地从QQ的好友列表里找到"她"，她的备注名就叫"她"。曹晔至今仍清楚地记得，二〇〇六年八月三十一日，高二开学的前一天，他在网吧登录QQ时添加了"她"。那时她还不叫"她"，叫方糖。加了好友之后，曹晔还调皮地把自己的网名改成了"咖啡"。曹晔也不记得当时都聊了些什么，也不知是怎么回事，总之，故事就落入了俗套——俩人网恋了。设计情侣空间、使用情侣头像、彼此在QQ空间里给对方写情书……这段网恋持续了很多年。曹晔用爷爷送的智能手机登录QQ后做的第一件事，就是向她告白，并把她的备注改成"她"。对于他的告白，她没有拒绝也没有接受。曹晔回想，这段旷日持久的网恋，就跟那部没完没了的动画片《猫和老鼠》似的。他一直在约她见面，她一直找理由不见。直到已满相识整整五年的那一天，她终于答应他在护城河边相见了，但，最终，她还是爽了约。从那之后，曹晔就下定决心，要从这张网里挣脱出来。为了戒断那虚妄的爱情，他甚至开始戒网，直到现在，他使用网络社交平台的频率都极低。如今，像他这种不用抖音、不上 B 站、没有微博、不开微信朋友圈的 90 后，可能是比"珍稀"还要高出一个段位的"濒临灭绝"了吧。他因此被同龄人视为异类，同时他也对那些整天抱着手机刷个不停的同龄人感到不解与不屑。转眼间，他已到了而立之年。有时候他想，如果爷爷和妈妈都在世，他一定会被他们催婚。那么，他会选择怎样的女孩做自己妻子呢？玄的是，每次一想到这个问题，他总会想到那个只留下一个模糊影子的王小亚，而不是和他在网络上聊了五年的"她"。这会儿，曹晔突然脑洞大开地想到，"她"也许就是王小亚！

不要问为什么，曹晔想，做警察的破案也需要灵感，灵感来自日常的训练，也来自无法解释的第六感。而此刻，曹晔的灵感源于他对记忆的打捞与对细节的捕捉。

"她"黑着头像躺在曹晔寥寥无几的联系人列表里。他点开她的空间，很好，空间依然是对他开放的状态，而不像他自己，早就将空间设置成了"仅自己可见"，而这些年，他也决绝地做到了没有再看她的空间。虽然她像一只不死鸟，不时地在他的心湖上空飞翔，但他什么也不做，逼着自己做到"心如止水"。

可是，点开她的空间后，他的心震颤了，一条条空间说说、一篇篇空间文章，外加相册里的照片，每一个字，每一帧图片，都印证了他的推测："她"就是王小亚！"她"就是他一直想见、就在几个小时前才给他做过核酸检测的"方医生"！

这时，手机突然的振动，让曹晔乍然一惊。看了一眼手机，他有些哆嗦地按了接听键。电话里传来的女声也有些颤抖："你终于进我空间了……"

曹晔说："你终于现身了！"

她自顾自地说："真没想到，二十年了，你们还能把那个恶魔抓回来！"接下来，她喋喋不休地说，曹晔静静凝神地听，一言不发地由她去说。曹晔第一次发现，她的话语那么绵密，就像从泉眼中汩汩涌出的泉水，水流潺潺，激活了逝去的时间与模糊的往事，也解开了一些悬在曹晔心里一直无解的谜。

二十年前，曹晔的爸爸还在县刑警大队时，接手过一起大案，这案子涉及五条人命，毁了两个家庭。那是一起投毒杀人案。在通向义镇的那条凋敝的老街上，王、张两家是近邻，在一个早上，五口人毙命——王家夫妻俩和他们四岁的儿子、张家的主妇和六岁的儿子。这两户人家，最后留在世上的只有两口人：张家的男人和王家十岁的女儿小亚。当时口吐白沫的王小亚被送到医院，算是捡回了一条命，但左腿却因为护士进行肌肉注射时手法不当，伤了神经，留下了跛行的后遗症。张家的男人不知所踪。

王小亚说，那些年，曹叔叔一直都在默默地资助她。曹晔转学到向义中学后，他每次去看曹晔的同时，都会给王小亚捎去很多东西，那几年，小亚的吃穿用度几乎都是他供给的。成了孤儿的小亚，在老街上，不仅没人同情，还遭人白眼。街坊们传言说，是她爸和张家女人成奸，才让张家男人发了疯，把他们两家人都灭掉的。两家人都快死光了，她一个小丫头片子还活着，不是扫帚星是什么？既然大人有这个态度，小孩子就都学着大人，对小亚鄙弃得很。初一下学期，曹晔转学过来，和小亚做了同桌。农村的小孩子，是很羡慕城里孩子曹晔的，但曹晔谁也不搭理，他只和自己玩。偶尔他爸来看他，让他带文具、糖果给小亚，他也不作声，只默默把东西放在小亚的课桌上。估计就因为这些事，让那帮浑小子看在眼里，记在心里，编出了"绯闻"。

至于王小亚如何变成了"方小亚"，那是在曹晔离开向义中学后发生的事儿了。向义中学教他们历史课的方老师，在那年夏天失去了独子。那孩子，其实都不能叫孩子了，他已经是个大学生了，有年放假回来，去游泳，溺死在校外的那条小河沟里。听到这儿，曹晔"哦"了一声，难怪窗外那条记忆中的小河沟不见了。小亚说，那条沟是被方老师一锹一锹填平的，原本小河沟也不大，不知怎的，就把那么个大活人给溺死了。后来，被方老师夫妇收养的王小亚，就改了"方"姓。

"所以，你给自己取了'方糖'这个网名。"过了好久，曹晔才插话道。

"是的，其实当初加你，也是偶然。不过我很快就知道'咖啡'是你了。但我不想你知道'方糖'是我。"她嗫嚅道。

"为什么？"

"我，我不好看，我晦气，我……"

　　曹晔突然打断她，说："你等着，等我隔离期一满，就把你捉拿归案！"

　　说话间，电话突然断了，曹晔一看，手机黑屏，这老爷机，又罢工了。不过，这次的突然关机并未令他烦恼。他现在心里安定得很，索性放下手机，站在窗边，望着窗口的那片天。天上的云，又堆成了山。那巍峨的云山，被夕光镶上了金边。突然，他听到，有脚步声清晰地透过门传来。

口 红

　　叶敏把"添加朋友"的信息发送后，心便开始发颤，她紧张得不敢看手机，怕他不通过，又怕他通过。如果他通过了，该怎么打招呼呢？发三个"咖啡"的表情？还是发个"你好"？

　　正头疼着，叶敏听到手机传来"叮咚"一声脆响。朋友验证他同意了！她的心"咚咚咚"跳得更狂了，打开微信一看，果然是他，并且他已经先开了口："你好么，小敏？"

　　叶敏的眼泪很没出息地就滚了下来，听到了他那温敦敦的男中音，就仿佛回到了他的怀抱，像很多很多年前，他们每次吵架后那样，他把她紧紧箍在怀里，在她耳边说："你还好么，小敏？"叶敏敏感地注意到了，他没用"吗"而是用了"么"这个语气助词，这说明，他还是温柔的，待她。

她有点答非所问地回答他："我在黄山，有空回国来黄山玩，记得找我哦！"

"好的，谢谢！"

叶敏看到这一句，原本滚烫的心骤然凉了下来。"好的，谢谢"——多公式化的一句寒暄话啊，她也经常这么对一些不愿多聊的人说，带着几分傲气与距离感。

叶敏是在一个叫"天南地北寿州人"的微信群里看到他的，他的微信名是自己的真名——谢明，头像也是他本人照片，叶敏特意保存了。放大去看，那照片还是他读研一时，他们在步行街的一个雕塑旁拍的呢，他这张照片是她给拍的，他也给她在那雕塑前拍了一张，她当年还把自己那张照片设置成了 QQ 头像。他们还在那雕塑前合了张影，是请路人拍的，只是那些老照片早已被她从 QQ 相册里删除了。自从无意中在那个五百人的大群里与他"邂逅"，叶敏便开始寝食不安了，她有事没事就爱点开他的头像，点开后，只能看到微信名与地区，他的微信名是"mm426"，地区是"美国华盛顿"。无论是他的微信头像还是微信名，叶敏每看一次，都会心生一种难以名状的感觉，非喜非忧，她那惆怅到酸胀胀的一颗心，始终落不了地，老在半空里荡悠着。他那头像照片是她拍的，他那微信名，是他们俩名字的拼音首字母加他们俩的生日日期，对，他俩生日是同一天，四月二十六日，他比她大一岁。他所展露的这些细节，似乎都还和她有关，她觉得这些细节意味深长。

叶敏就这么神叨叨、浑道道地过了一个月，到今天，她终于下定决心，加他！因为她实在受不了，每天点开他头像，却看不到他朋友圈，他的朋友圈封面是张隐于林间的小木屋的照片，签名是"谁的背影如月色朦胧，走过心灵的脚步没有声音"，然后，下面就是一道灰色的横线了，线被一个小点分成了两截——那是朋友圈对非朋友的人不可见的标志。她必须要成为他的朋友，她想看他的朋友圈。喝了点儿酒的叶敏，把这个平常生发过很多次的念想给变成了现实。

可是，他说："好的，谢谢！"这话，让人怎么往下接呢？叶敏有点泄气，泄了气的她，酒气也解了几分，她开始感到羞愧。好好的，干吗去惹骚呢？唉！

"小敏，你怎么还不睡？国内现在应该是深夜，熬夜对女孩子的皮肤可不好哦。"

叶敏正懊恼着，他又发了这段话来，这不明摆着撩骚吗？叶敏一只手握着手机，另一只手的大拇指又戳进嘴巴里，她从小养成了吮大拇指的习惯，直到和谢明恋爱，这个坏习惯才被他给纠正掉。那一刻，她的心被那句话给撞得直晃荡，她必须要抓住什么才能让自己的心神稳下来，能抓住的，就只有那根被吮吸的大拇指了。并且那样做，她还可以管住那根拇指，让它不要再在手机上按出犯贱的话来。若真由着它，那句话早就顺溜地发出去了，那句话，是她当年常在嘴边顺溜的——"睡不着，想你呢"，这话能发吗？所以必须缠住这根大拇指，让它老实地在嘴里待着，反正他也看不到！

手机在她手里沉寂了几分钟后，突然狂响了起来。她被吓得身子一惊，险些把手机给扔出去——他居然发来了语音通话……

叶敏按下了接听键，把手机紧紧地贴着耳朵，而不是像平常，微信电话来了，她直接点了免提，把手机放在一边，该干吗干吗，任对方在那头说去。她的左耳紧紧地贴着手机，他的声音仿佛是自万里之外传来，哦，还是那种很低沉而浑厚的嗓音，叶敏闭上眼，仿佛他从万里之外与十几年前的时空中穿越而来，她甚至都感觉到了他的气息正在缓缓地将她包绕。

"小敏，我可以看看你吗？"

做梦似的说了一阵子话后，他突然冒出这句话来，叶敏犯难了，她刚喝了酒回来，一直拿着手机瞎捣鼓，到这会儿，衣冠不整、妆容凋残的，可怎么好见人？

谢明说完这句话，就挂断了语音电话。叶敏吓得赶忙欠身，从搁在茶几上的手包里掏出一支口红，正想对着手机涂口红的时候，谢明的视频电话已经打过来了。她迅速旋开口红，在唇上胡乱涂了一圈，飞快地抿了抿嘴，按下了接听键。

"嗨，好久不见！"

视频里的谢明，戴着一顶棒球帽，在压得低低的帽檐下，眼角不知有无岁月赋予的纹络，还有，他为什么要戴帽子？莫不是他有了脱发的困扰？毕竟，也是四十出头的人了，说不定那顶棒球帽下藏着"地中海"呢，叶敏想。叶敏没想到，自己在看到谢明的一瞬间，生出的居然不是心动，而是这番揣测，并且还把人尽往歪里猜。

"好久不见，我都老啦！"叶敏说这句话的时候，嘴角上扬，刚刚涂的口红令她在视频里看起来还不赖。她很庆幸自己上个月对面部做了微整和半永久手术，眼角的细纹与唇角的法令纹都隐遁了，眉毛、睫毛、眼线也都纹了色。她还庆幸刚换的这款华为手机，自带美颜功能，视频效果比那"烂苹果"的本色出镜好多啦，不然，深更半夜的，这张脸哪里还能见人哦。

"哪里老了？还是那么美丽！好啦，小敏，见到你很开心，以后多联系，我还有课，先这样哦，你也抓紧休息，拜！"

"好的，再见！"叶敏说着便按键断了视频电话。挂了电话，她才从沙发上起身，光着脚，边走边脱衣服，走到卫生间，衣服已经脱光，她大声唱着歌，站到了花洒底下："可惜不是你，陪我到最后……"

一个漫长的澡洗下来，她一直在重复这一句歌词。洗完澡，走到房间，把自己摊在偌大的水床上。这么大的床，她只溜着边睡那么一小块地方，如果不是近两年发了点儿福，这床浪费的面积会更大。人总是竭力追求大于自己所需许多倍的东西，譬如房子、衣服、金钱，甚至女人。

"哼！"想到这里，叶敏不由得嗤之以鼻。如果不是贪，他又何至于命丧九泉？好好的日子，被他折腾得成个啥了。这个"他"是半年前猝死在一处出租屋的她老公朱瑜。警察找上门，她才知道，原来这几年几乎不碰她的朱瑜，是把劲儿留在外头了。过去，每次亲热完，他都会邀功似的说什么"一滴精十滴血"，叶敏在知道他的死因后，在心里说：看来你在外面是血流成河、精竭而亡了，辛苦辛苦！

叶敏也不知道自己是什么时候变得刻薄而冷血的。她妈妈的说法是："小敏自从做完那次手术被输过血后，就像变了个人，到底是身上沾了外人的血，跟家里人都不亲了。"

果真是这样么？

叶敏躺在水床上，轻揉着自己腹部的那道疤痕。十几年了，这道疤每逢阴雨天都会隐隐作痒。现在，它又开始作痒了。这不时袭来的痒感，加深了她对那次手术的记忆。如果不是输血及时，她可能就没命了，如果真没命了，那她真是生得卑微，死得窝囊。好死不如赖活着，况且，现在活得也不算赖了，过去的同事、同学、同乡，有几个不对现在的她羡慕嫉妒恨？前同事们还在为每个月怎么排班、值班、得多少绩效、分多少夜班费斤斤计较呢，而她，早跳出那个旋涡，当上了给人发工资和绩效奖金的院长。现在她在大学同学、高中同学、初中同学乃至小学同学的微信群里，只要冒个泡，就会引来一阵浪潮，同学们都争先恐后地向她示好。她观察过，他们对除她以外的人，明显没有那么热情。同乡就更不用说了，通往她老家叶家庄的那条路都是她掏钱修的，她成了她们县的政协委员。每年回家乡开政协会，她都会带上一车吃的喝的用的，分给村里的老人们，弄得乡里乡亲都夸她，不仅夸她，还把她爸、她妈、她姐、她弟的地位都给抬上去了。只要一回家，她就会想到"光耀门楣"四个字，她很骄傲地觉得，自己做到了，虽然她是生下来就险些被大人溺死在尿桶里的三丫头。

　　她大难不死，活下来了。人都说大难不死，必有后福。叶敏想着，她这也是四十岁的人了，她真的有后福吗？那次手术，虽然没要她的命，但却剥夺了她创造生命的权利，她不能生育了。人躺在床上睡不着时就容易瞎想，叶敏想，如果命里没有那一劫，她现在也该有一个十几岁的娃了吧？无论是男娃女娃，有个孩子伴着，他还会在外面胡混么？养个孩子多费功夫，估计他即使有心、有胆，也没那么多闲空。说不定，有了孩子，他会是个孩奴……怎么又想到那死鬼身上了？叶敏狠狠地揉了揉肚子上的疤，一用力，肚子上的赘肉跟着晃悠了起来。她捏了捏腰上、肚子上厚厚的脂肪，心里有点厌恶、有点无奈、有点忧伤——怎么就胖了呢？怎么就老了呢？看谢明一点也不见老哇，他的娃也不知多大了，他在美国，估计不止有一个娃，中国人到国外，都喜欢可着劲儿生孩子……

　　想到这儿，叶敏"啪"地打开了灯，起身下床，赤脚走到客厅，去拿手机。她又去翻谢明的朋友圈了。翻他的朋友圈可以一直翻到五年前，估计他是五年前开通微信的，但他的朋友圈很乏味，几乎没有一点儿个人生活的痕迹，翻来翻去，翻烂了也翻不出什么花来。可即便如此，她还是忍不住又翻了一遍。加他为好友后的这几个小时，她已经翻了不下三遍了。神经病！她骂自己。翻完谢明的朋友圈，她又去重温俩人的聊天记录。咦，她刚才怎么没注意，他居然在和她视频通话时，还留了一句言："真美，这款口红颜色很适合你。"

　　叶敏看了一眼茶几，刚才仓促间从包里掏出的口红，正呈盖体分离状横在茶几上呢，她抓过它，一只手旋出口红膏体，另一只手把手机界面从微信切换到美颜相机，对着被手机相机美颜后的自己认真地涂了遍口红。"真美，这款口红颜色很适合你。"——她想象着谢明不是在万里之外，而是就在这沙发上，伸出无名指和食指去抬她的下巴，眼神迷离地望着她，声音低沉地说出这句话。然后，就把她搂紧，像贾宝玉似的，吃她的口红，吃完口红，再吃她……

　　"去他的！"叶敏突然扔掉了手中的口红，并狠狠地用手背蹭嘴唇，雪白的手背上，被唇上那"斩男色"口红给弄出了一片血印似的痕。叶敏有时候觉得，自己这辈子，就是让口红给毁了的。她恨口红，但又离不开口红。她的梳妆台上，有一个专门放口红的冷藏箱，她在所有常用的包包里，都至少放一支口红，她办公室的抽屉里、盥洗台上、白大褂口袋里，也都放着口红——供她随时随地随心随性地涂抹口红。涂上口红的叶敏，就像包了头饰的花旦、穿上西装的政客，感觉整个人立刻"紧"了，成了登台亮相的角儿，一举手一投足一颦一笑都有了定式。但这个深夜，涂上口红的叶敏反了常。不怪她，人在深夜是很容易情感失控的，她还是在深夜想起了沉积已久的往事。

　　多年以来，叶敏一直不愿去触碰的那个记忆之窗，还是被打开了，扑面而来的是藏在那个深夜里的腥臭与屈辱。

　　那晚，叶敏值大夜班，她刚处理完几个急诊科送来的活儿，在木头沙发上铺了垫子想休息一下，不料手机响了，她看了一眼，拒接了。那天晚上，朱瑜请全科室人吃饭，喝多了，居然在饭桌上当着所有人对她说："我知道，你也是个守不住的主儿，成天把嘴涂得跟××似的，你知道我最喜欢××，你这不是明摆着勾引人的么？你那什么狗屁未婚夫，别看是研究生，他还不如我，我好歹能让你吃香喝辣、穿金戴银、用名牌化妆品，我送你的口红那可是香奈儿牌的——他一个穷学生，他能干啥？你要跟了我，我老爷子创下的这家业还不都是我们的？敏呀，跟我不亏……"叶敏气得饭没吃完就走了。手机又响了，叶敏再按拒接键。她后来索性关了机。但不得了，手机不响，门响了，他在门外大声喊她名字，深更半夜的，她怕影响不好，就开了门。他一身酒气地挤进了门，醉眼迷离地向四处张望了一番，便歪歪倒倒地移步到了沙发旁，一屁股坐在了叶敏刚铺好的碎花垫子上。叶敏嫌恶地去拽他："快起来，你把我睡觉的垫子坐脏了！"谁知，他一反手，直接把叶敏拉到了被他坐脏的垫子上。他想着索性把她一起弄脏了。

他走了以后，叶敏看见垫子上有血痕，她查了半天，也没见自己身上哪里弄破了。第二天接班，同事说她怎么弄得像个花脸猫，她才掏出小镜子，看自己脸上一块黑一块红的。黑的是眼线，被泪水晕满了整个眼窝；红的是口红，被他蹭了满脸。哦，对了，那垫子上的"血痕"可能也是口红印。口红是谢明补送的生日礼物，美宝莲牌的，五十九元一支，当时在步行街，他给她买口红时，她还替他嫌贵，他一个月就只有三百块钱的生活补贴呀，就算抽空出去当当家教，生活也还是很拮据的。此外，他又一贯好面子，以前的同事、同学只要到了省城，他都争着招待。因为好面子，所以，他想给她一个像样点儿的婚礼，所以，原本订好的婚期，就因他去读研而被无限期延迟了。

那时候，手机还不是智能的，微信还没有出现，所以，小城里的人，对外面的世界了解与掌控得还不够多，换句话说也就是，可供小城人作为茶余饭后消遣的八卦新闻还不够多。所以，大家都爱盯着身边人与身边事找话题，尤其是在医院这种女人扎堆的地方。

延迟了婚期的叶敏自然就成了大家议论的对象了。大家明里问，暗地猜，和叶敏一块儿租房子的同事，有时大家让她转述一下自己的耳闻。有人说，谢明在省城被他导师的女儿看中了；有人说，谢明被一个富婆包养了；有人说，叶敏自己也有了新欢，喏，就那个外号叫"猪头"的进修生。

事后，那些说叶敏有新欢的人，肯定跟旁人得意地吹嘘过自己的眼力。因为叶敏后来就是嫁给了"猪头"，呵呵，人家叫朱瑜，一个家里开私立医院的富二代。

富二代被他爹派到县医院进修，进修只是幌子，他是替他爹来谋人的。那时候，县医院不是很景气，经常连工资都发不齐全。但小城里的人，胆子小，图安逸，心想好歹是一份固定工作，是个铁饭碗，谁也不想轻易丢了它。朱瑜家的私立医院开在邻市，位置好，病人多，可就是招不齐像样的医生。他被他爹派到县医院进修，那有个放射科的小医生，成天把那张嘴像小孩子学画画涂色似的，涂满泛着珠光的口红，涂完那口红真显嘴大，朱瑜忍不住跟人打听她。她叫叶敏，乡下丫头，学校毕业后考进医院的，之前订过婚，择过婚期，但未婚夫考上了研究生，就把她给甩了。"这没品的人！"朱瑜听人说完这事便开骂，但心里却乐开了花。

　　心动过后，便是行动了。朱瑜成天有事没事就往放射科跑，早上上班，他端着馄饨、牛肉汤，拎着包子、烧饼往科室值班室一放，招呼大家一起吃。他幽默又大方，开得起玩笑，舍得花钱，又能给人帮忙，科室的人都很喜欢他。只有叶敏，一直埋头做自己的事，不怎么和他搭话。他不管，依旧跟前跟后，"叶老师，叶老师"地叫个不停。

　　那阵子和叶敏一起租房子的同事，择好婚期，要搬离出租屋了。四月二十六日那天，按计划，叶敏是要去省城和谢明一起过生日的，但谢明一早打来电话，说是要跟导师去皖北，匆忙之间，他甚至连句"生日快乐"都没有说。挂了电话后，叶敏难过地流了泪，她想起了他被导师女儿相中的那个传言。接电话的时候，她正对着小镜子涂口红，电话来时，口红涂了一半，上唇光芒璀璨，下唇黯淡无光。她拿着口红，没有继续去涂下唇，而是在镜子上写满了"生日快乐"。叶敏正对着镜子的"生日快乐"流眼泪，同事带着一帮人，推门进来了，见她在，同事吃了一惊，问："你不是说要去省城过生日吗？我下了夜班，请好了假，想着马上就到月底了，不如赶紧抓了壮丁帮我把东西搬走，就省心了。"在同事抓去的"壮丁"里，有朱瑜。朱瑜一眼看到了那面镜子，并注意到了坐在镜子前的叶敏在仓皇抹泪。

那天晚上，同事请"壮丁"们吃饭，朱瑜领头，走进那家富丽堂皇的酒店，大家在那门口都面面相觑，不敢往里走了。他们平时聚会，从来都是在街边的大排档啊。朱瑜退出来，对他们扬了扬手说："快进来，今晚我安排！"

那晚，向来滴酒不沾的叶敏喝了个酩酊大醉。她哭哭笑笑地对着生日蛋糕吹蜡烛，她哭哭笑笑地搂着同租两年房的同事，同事还以为她舍不得自己搬走呢，拍着她的肩，拍着拍着自己也落了泪花。那一晚，很多人都喝嗨了。最后，还是谢明把叶敏给接回出租屋的。谢明一直打不通她电话，陪导师到皖北后，就直接乘车回了小城。一路向很多人打听，才找到了醉酒的叶敏。

叶敏见到谢明，顿时哭得稀里哗啦。朱瑜递了块蛋糕给谢明，谢明说了声"谢谢"，接过来，放在桌上，对大家说："她不能再喝了，我带她回家，你们继续。"说完便扶着叶敏离开了。

第二天，叶敏还和谢明一起去了省城，在步行街，谢明给叶敏补送生日礼物——一支美宝莲口红。

叶敏坐在客厅里，点了支烟。烟雾袅袅，如往事一般缥缈。

"为什么不喊？不拼死闹？"事后，叶敏也问过自己。后来，成为她老公的朱瑜也经常问她，因为他总觉得自己娶到她太容易，他喜欢做假设："要是旁人，你是不是也就跟了？"叶敏没法回答也不想回答他这无聊且带有侮辱性质的问题。

人生经不起假设。

但叶敏知道，那件事发生后，她的价值观就发生了改变。第二天，醒了酒的朱瑜来到叶敏的出租屋，跪在出租屋湿漉漉的水泥地上，向叶敏道歉、表白，最后居然扯到了求婚。叶敏始终没有作声。他走后，叶敏给谢明发了短信，问他："'十一'结婚好吗？"谢明回："等等好么？"

日子一有等待之事在前方挂着，就过得慢了。

距"十一"还有三个月的时候，叶敏上班时突然小腹坠痛、大汗淋漓，等主任发现她神情不对走到她跟前时，她已经休克倒地了。送了急诊，立即诊断为宫外孕大出血，需要立即手术。

医院联系叶敏的父母，电话拨通了，但始终没人接，打谢明的手机，语音提示一直不在服务区。情急之下，朱瑜窜上去说，他签。于是，叶敏病单上需要家属签的麻醉前签字、术前签字、输血签字，全都签着朱瑜的名字。

叶敏醒来的时候，她妈妈在床边坐着抹眼泪，朱瑜忙前忙后的，以家人自居。她要来手机，手机里，没有谢明的一条短信一个电话。

在手术后的第三天，谢明才打来电话，朱瑜把手机从床头柜上拿过来递给叶敏，叶敏看了一眼，没接。一周后，她去省城找谢明。谢明在宿舍里，看到她，就说："真美，这款口红颜色很适合你。"他居然没有看出她的虚弱与消瘦，没看出她涂的口红并不是他送的那支闪亮亮的美宝莲星光璀璨口红。她拒绝了他的求欢，淡淡地说："我们分手吧。"

后来，叶敏再也没有用过美宝莲牌的口红，她用香奈儿、兰蔻、迪奥，每一支口红的价格都超过三百元，呵呵，那是研究生一个月的生活补贴。她恨恨地想。

回到小城，她发现朱瑜正到处找她，她答应了他的求婚，住进了他在小城的套房。后来，又搬进了别墅，离开了小城，来到了黄山。

叶敏按灭了烟蒂，走到窗前，拉开窗帘，晨光透了进来。她想，地球那边的美国，此刻，已沦入黑暗，她的夜晚是他的白天，她的白天是他的夜晚。"白天不懂夜的黑"，她居然还有心情哼起了老歌。

刺　青

挂上电话，朱瑾便打开微信，给林瑟瑟发了条语音："陪我去趟黄山吧。"说完，她就撂下手机，去收拾行李了。

手机响了，朱瑾拎着洗漱包出来接听，林瑟瑟在那头气喘吁吁地说："什么情况？好好的，去黄山干吗？"

"赶紧出来，我马上去接你。要不要我给庄生打个电话替你请假？"朱瑾听到瑟瑟飞快地说出"不用，我马上下楼"之后，立马挂了电话出门。这时候，她能想到的只有瑟瑟。

瑟瑟家距离朱瑾家直线距离不足三百米，不过，一道院墙将她们两家隔在了泾渭分明的两个区，朱瑾家住的是临着护城河的别墅，瑟瑟住的是没有电梯的多层楼房。当年，浙江人盘下小城东南边的这块地，拆掉了被时代的列车甩到身后的老厂房，拆掉了歪歪斜斜挤挤挨挨的民房，魔法般地造出一个摩登簇新的住宅区，并取了个很拉风的名字——"现代汉城"。新世纪伊始，小城里的年轻人以及家里有年轻人的老人们，每天晚上都守着电视机追韩剧。当他们听到小城居然平地建起了一座"汉城"，都好奇地打探信息。所谓"打探"，就是跑到位于丁字路口的那栋富丽堂皇的售楼部去，蹭着免费的空调、茶水和糖果，听漂亮的售楼小姐"嘚吧嘚吧"地介绍这座即将建成的现代化小区。于是，一些小夫妻听着听着，动了心，掏出家底儿就认购，感叹这是"汉城"哎；此外也有一些即将办喜事的家庭，放弃了在城里买那没有物业没有绿化带的楼房，而选择了"汉城"……"汉城"就这样在小城里火了起来，那些楼盘的根基还没打牢呢，尚在虚空中的房子倒是被人先抢购了一空。据说，当年靠抵押房产，在银行贷款两百万来筹钱的那几位浙江人，在十年后，建齐了几期"汉城"离去时，都成了坐拥上亿资产的富翁。

朱瑾的白色路虎霸道地盘踞在路口，车灯射出的光圈，打在快步朝她走来的林瑟瑟身上，有点舞台上追光灯的意思。光圈里的瑟瑟，背着偌大的双肩包，细胳膊细腿，纤纤巧巧的小身板儿，像个没长开的中学生背着书包。朱瑾不禁挺直了背，收了收腹部——到底是四十岁的人，留意着留意着，还是不知不觉就长了膘，怪不得说什么"油腻中年"，真没错儿。倒是瑟瑟，妖精似的，总不显老。

朱瑾待瑟瑟拉开车门坐到副驾驶的座位，侧身把背包往后座上一掷，再扭身坐正，绑好安全带后，哑声说了句："朱瑜没了。"说完便打开转向灯，掉转车头，跑上了夜路。

"什么什么？"林瑟瑟抓着自己的双臂，像是很冷似的，四个字被她说得跌宕不已。

"不争气的东西，还死在了野女人的床上！"朱瑾气得一使劲，路虎也随之发出一阵闷响。

瑟瑟不再说话，她伸手把盘在头顶上的发髻解散，弯起十指当梳子，一遍遍从头顶梳到发尾。

"喂，你胳膊也不嫌酸？说说话呗，这一路，长着呢，我要你陪着，可不是看你梳头的，是要你一路上说点什么，我现在心乱得像团麻，你说这事，我爸妈怎么接受得了？前几天我妈还已打听到了一家做试管成功率很高的医院，让朱瑜带叶敏去试试，对了，她还让我转告你，说让你也去一趟呢。"

"谢谢阿姨的关心，我就算了吧。朱瑜到底怎么回事呢？好好的，人就没了？真是在外头没的吗？叶敏怎么说？叔叔阿姨那边，你肯定得先瞒着，先去那边处理好再说。老人，经不起事了，特别是叔叔，心脏才搭的桥，要当心……"瑟瑟说着，不禁"啊"了一声，因为突然有一辆车横插过来，朱瑾猛地踩了脚刹车，车子一顿，把瑟瑟惊着了。

朱瑾双眼冒火地盯着前车，拨动车灯闪了它两下——在司机的灯语里是骂人的意思，那是一辆红色的国产 SUV，块头不小，但像缺乏锻炼发了福的中年男人，是虚胖，而不是壮硕。见那车在前头跑得有点发飘，朱瑾在心里暗嘲：总有不自量力的人要拼了命地跟人较劲，也不掂量掂量自己的能力。

　　瑟瑟调整了坐姿，又转了转脖子，脑子里突然出现了一个人影，一想到她，那些不堪回首的往事就如涨潮似的往眼前涌，一浪接一浪，冲得人头晕眼花。好好的，她居然看见一道闪电，一道莫名其妙的闪电，在黑漆漆的天上，炸出一道不规则的裂口。紧接着，轰隆隆的雷声炸响。谢天谢地，原来并不是眼花了。她低叫了一声："妈耶，这鬼天气！朱瑾，你开慢点哦。"

　　"放心吧，保证把你安全地带去送回，不然，老庄还能饶了我啊！"

　　瑟瑟不作声了，她双手虎口相错地互握着，左手虎口上的那只蝴蝶刺青经年之后，纹络已不再清晰。她靠在座椅上，娇小的身子被兜在座椅里，简直像陷在摇篮里一样。但瑟瑟一点儿也不想睡，她侧着脸，望着朱瑾。在这涌动着噪声的幽暗车厢里，朱瑾那张有着高颧骨薄嘴唇的脸上，一双狭长的丹凤眼倒还在熠熠生着辉，暗夜里，这双眼像对夜明珠。很多年前，庄生曾送过一条淡绿色珠链给她，那珠子，在夜里，居然发出莹莹的光。问庄生，他说是夜明珠，是他父亲从新疆带回来的。此刻，瑟瑟望着朱瑾的眼睛，想起了庄生送她的"夜明珠"。很多年后，瑟瑟才知道，那"夜明珠"不过是以一种夜光塑料做成的。

　　雨点落下了，啪嗒啪嗒地打在车前挡风玻璃上，朱瑾特意磨蹭了一下才打开雨刮器，她爱看雨点在玻璃上迸裂，那一摊摊水渍彼此融合，瞬间模糊了视线，造成一种与世隔绝的假象。真想与这个糟糕的世界决裂，可又无处可逃，于是，朱瑾很珍惜雨水带来的这种假象。假的长不了——这是朱瑾深谙的人生哲理中的一条。她打开雨刮器，世界立马清晰地逼入眼帘。

瑟瑟的手机在腿上"嗡嗡"地振动着。她忙拿起手机，看了一眼，按了一下，又把它扣在了腿上。

朱瑾扭头看了瑟瑟一眼，瑟瑟明白她眼神里的疑问，于是说："美容师群发的，无聊。"

"嗯，成天都被这些无干的人打扰，倒是有关的人，很少联系，除了你我哈！"朱瑾说着把雨刮器调到了快档——雨下得像天漏了似的，雨水沉甸甸地一股脑儿砸了下来，朱瑾放慢了车速，前车也慢了下来，并开了双闪灯，朱瑾见状，也打开了自己车的双闪灯。在高速公路上开车，可不是儿戏。朱瑾的干儿子，那个一米八三的帅小伙儿，去年高考后和爸妈一起自驾游，一家三口，就永远在路上了。想想都唏嘘，活生生的一家人说没就没了，再想又庆幸，干儿子一家临出行前，是朱瑾设的宴。干儿子一再邀请干妈一起去玩，但朱瑾那会儿正忙着捉小三，就没有和他们一起去。结果，几天后，他们就阴阳相隔了。就为这，朱瑾发自内心地感谢小三。当然，这份谢意她没对任何人说出来，她是用实际行动来表达的。实际行动就是，不追查了，说明这人的存在很有意义嘛！至于老公，那自始至终都不过是个摆设，十几年了，也没能走进她的心，罢了罢了，让他也去找自己的幸福吧，人生在世，都不容易。

朱瑾和林瑟瑟常常在煲电话粥的时候感叹，时间让很多人与事都变得面目全非了。但好在，她们俩一直延续着自少女时代就结下的友情。这些年，身边的人来来往往，除了家人，也就只有她俩几乎每天不间断地保持着联系，"亲密无间"这个词，简直可作为她俩友情的标签。

朱瑾见瑟瑟不搭腔，便没事找事地说："包里有口香糖吧？给我两粒。"说着，瞥见瑟瑟正在微信对话框里打字，又问她在跟谁说话。

瑟瑟忙把手机反扣在大腿上，又扭身拿包，翻出一盒口香糖，打开盖子，倾着瓶口，示意朱瑾伸手接糖。朱瑾没有伸手，她张开嘴，扭过头对着瑟瑟说："啊，啊！"瑟瑟"扑哧"一笑，捏了两颗口香糖填进朱瑾的嘴巴里。"装小！"瑟瑟边把口香糖的盒子装进包里，边嘀咕道。

"庄生又在追查你的行踪呀？"朱瑾嚼着口香糖，口齿不清地说。

雨似乎更大了些，雨刮器在车玻璃上刮出了有点刺耳的磨蹭声，随即，车子发出了更加刺耳的紧急刹车声。前车突然停了，幸亏朱瑾刹车及时。

"寻死也得找个地方，不要害人呀！"朱瑾骂骂咧咧地重新起步，从那辆撞到护栏上的大红SUV边小心地变道后，继续冒雨前行。

瑟瑟明显是被吓着了，她紧紧地攥着手机，在座椅上缩成了一团，就像一只团起来晒太阳睡觉的猫咪。手机在她手中又震了，她像是从热锅里徒手捞煮山芋被烫了似的，夸张地甩了甩手。手机不动也不响了。但朱瑾扭头盯了她一眼。她没话找话地说："视线真不好，你慢慢开啊。"

"说说吧。"朱瑾又恢复了自己收腹挺胸端肩抬下巴的标准驾姿。

瑟瑟当然知道朱瑾要她说什么。两个相处了二三十年的老闺蜜，彼此见证着对方的失意与得意、出糗与荣耀，两人之间几乎是没什么秘密可言的。遇到开心的事，俩人一起分享；遇到不快的事，俩人一同应对。但这件事，即便对朱瑾说出来，她们也无法应对。

"你俩还那样吗？朱瑜的事你没告诉他？"瑟瑟只有岔开话题说别的。

"不告诉他。现在我们俩井水不犯河水，好得很。我们一个月都碰不到一面，碰到了，就像遇见点头之交的邻居，不吵不闹不声不响，就这样吧。去年我还想，等骞骞高考完，就和他把事办了，把他撵出去。现在我又想开了，撵他做什么，就算他是条狗，还能看家护院呢。离婚就是给男人自由，给女人套上更重的枷锁。女人像画，婚姻是画框子，在婚姻里，女人好歹还有个保护自己的框子。离了婚，画框子没了，一点点风吹草动都能毁了这画。再说，我也不想再蹚婚姻这浑水了，四十多岁了，还能遇到什么样的男人？我觉得男人很脏，尤其是老男人，思想和身体都给我一种不洁的感觉。所以，日子就这样吧。真不行等骞骞嫁了人再说，总不能让我女儿结婚时弄两对爸妈上台吧？"

虽然朱瑾和瑟瑟是对每天都在微信里煲电话粥的闺蜜，

但这个话题并不常聊，每次谈到彼此的婚姻和男人，她俩都心照不宣地岔开过去。没什么好说的，那些破事，这些男人！她们在一起时，喜欢说女人——她们共同认识的女人以及她们各自遇到的女人。女人就像花园里的花，形形色色的，差别很大，但归根结底，都还是花。花需要阳光照耀，需要泥土滋养，需要水需要风，还需要被欣赏。花都需要欣赏，莫说女人了。于是，瑟瑟问朱瑾，有没有欣赏她的人？朱瑾没回答，反问她："你有啊？"瑟瑟咬着嘴唇笑，无限娇羞的样子，完全看不出是个四十岁的女人。朱瑾就指着她的脑袋，说："不要发骚啊，你们家老庄可是个醋坛子，打翻了那滋味可够你受的！"

瑟瑟当然忘不了那滋味了，醋坛子打翻后，不仅是酸味，还有苦味、涩味甚至臭味。快二十年了，瑟瑟的心还浸在那些滋味里头。所以，每当朱瑾和她提及过去的时候，她都像溺水者在水里努力闭气似的，让大脑缺氧，把那段记忆模糊掉，不然，那滋味又会呛得她想哭。

二十多年前，瑟瑟和朱瑾在北山技校读书，她俩原本并不太要好。在技校里读书的大多是小城机关或企业里头头脑脑的子弟。瑟瑟爸是水泥厂的领导，朱瑾爸只是个小诊所的医生，不知道她是蹭了什么关系进来的。在瑟瑟和朱瑾读的财会班里，水泥厂的子弟有七八个，都是和瑟瑟一个院儿里玩大的，所以每天上学、放学包括在学校课间上厕所，都有人主动来找瑟瑟。和瑟瑟同桌的朱瑾无形中就被孤立了，还好，开学一个月后，来了个说一口普通话的女生，主动向朱瑾示好，朱瑾也就和这个叫"胡蝶"的女生搭上了帮。朱瑾至今还清楚地记得，第一次看到瑟瑟时她的样子：她穿着大红色的蝙蝠衫、白色的高腰裤，花蝴蝶似的骑着一辆坤车。跟瑟瑟一比，全班的女生都有点黯然失色，直到胡蝶来。胡蝶第一天上学，穿了一条淡蓝色的连衣裙，头上还戴着一个同色调的蝴蝶结，她背着一只黑色人造皮革的双肩包，脚上穿的是双包头镂空的半高跟黑色皮凉鞋，最重要的是，她居然还化了淡淡的妆！朱瑾在看到胡蝶的第一眼，就开心地想：这下，林瑟瑟可要被人比下去喽！没想到，这个比林瑟瑟更摩登的女生居然主动向朱瑾示好。女生的示好，无外是，下课了，悄声问一句："要不要去厕所？要不要去小卖部？"三年时间，很快就晃过去了。临近毕业的时候，林瑟瑟突然消失了。

见瑟瑟已有三天没有去上学，朱瑾就和胡蝶一起去了她家。见了面就问她怎么几天都不去上学，是不是不舒服等，她们还把老师给划的考试重点给她带来了。没几天就要毕业考了，再怎么混，毕业考还是要过的。瑟瑟后来常对朱瑾说，患难见真情。她爸被双规后，过去每天等她一起上学、放学的发小，突然间做了鸟兽散。倒是朱瑾和胡蝶，能想着去看她。瑟瑟背了考试重点，考过了毕业考。拿到毕业证的时候，她爸进了看守所。毕业后，胡蝶最先进了信用社——她继父是信用社的头儿。朱瑾接着进了种子公司。只有瑟瑟，从夏天等到冬天，直到第二年元旦，才进了水泥厂，都说，为了能让她进水泥厂，她妈妈是献了身的。

谁知道，二十世纪末上的班，跨进新世纪还没两年，厂子便面临改制，就把瑟瑟的工作给改没了。好在，那时候，她已经结了婚。虽然嫁的只是一个农村中学的教师，穷得工资都被拖欠着，但好歹，她有了个家，虽然那家不过是一间夏天下暴雨时会漏雨、冬天刮北风时会漏风的旧瓦房。但关上门，家里有个高高大大的男人，男人有双暖暖和和的手，这对于刚尝到人情冷暖的瑟瑟而言，这家已近似天堂了。瑟瑟每天守着那个小家，从城里的手工作坊里领些绸带缝制绢花，缝一个能得到一分钱的手工费。她就没白天没黑夜地缝啊缝，因为缝得质量好，速度又快，一个月下来，她赚的这个手工钱，居然能包了两个人在乡下的生活费。就这么做了一年，城里新建的一所中学在招聘教师，她老公庄生以第一名的成绩被聘了进去。

进城后，又面临住房的问题。朱瑾那会儿还没结婚，她爸去临市开医院了，她一个人住在老城区的一栋单宅四合院里，既孤单又恐惧。知道瑟瑟回来了，忙招呼他们两口子就在她家住下，住二楼，她弟朱瑜和她爸妈一起去了临市，他的房间空着呢，给他们住着正好。

瑟瑟在朱瑾家住下，心却不安定，没工作没房子的日子，让她感到不踏实。那时，朱瑾所在的种子公司效益也差了，有天上午九点多一点，瑟瑟买了菜、领了绸带回家，见大门敞开着，吓得还以为是家里进了贼，心慌乱得七上八下，却听到里面传来朱瑾的笑声。瑟瑟迈进院子时，朱瑾拉着一个戴墨镜的摩登女郎迎过来："瑟瑟，快看谁来了！"摩登女郎喊了声："瑟瑟！"瑟瑟"哎呀"一声便把装菜的、装绸带的塑料袋丢到了脚下，两个人大跨步地凑近了，紧紧抱在了一起。

从此，朱瑾、胡蝶和瑟瑟又常常聚在一起了。其实她们仨毕业后分开也不过才四五年，但各自的境况从此就发生了不小的变化。胡蝶工作不久就和一家银行的信贷员结了婚。

那天中午，瑟瑟做了顿丰盛的午餐，在庄生下班回家吃饭前，她们仨已经集体喝高了。

"喂，想什么呢？"朱瑾扭头看看瑟瑟，瑟瑟歪着头冲着左侧车窗，目光虚空。

瑟瑟转过头说："唔，没想什么呀，"说着又俯身朝前凑近仪表盘看了一眼说："呦，都十点了，你困不困？"

说话间，朱瑾打了个大大的哈欠，说："不说还好，一说还真是困了。我昨晚刷抖音睡晚了，今天中午又和胡蝶去吃饭，也没能午睡。"说到这儿，她顿了顿，压低了声音对瑟瑟说，"对不起哦，没告诉你，胡蝶回来了。"

"嗯。我知道。"瑟瑟淡淡地说。

"她和浙江人离了，儿子刚到英国留学……"朱瑾絮絮地说着，瑟瑟一个字也听不进去，她又想到那时候。那天中午，她们吃着瑟瑟做的饭，喝着朱瑾从她爸酒柜里翻出来的石榴酒，明明味道是酸酸甜甜像饮料似的，却把她们给喝了个人仰马翻。那天还是瑟瑟最先醒的酒，她看胡蝶和朱瑾横在沙发上，胡蝶的墨镜从脸上滑掉了，露出了一只乌青的熊猫眼。瑟瑟推推胡蝶又推推朱瑾，她们俩也很快醒了过来。朱瑾抚摸着胡蝶的脸，问她怎么了，胡蝶"哇"的一声哭了出来，呜呜咽咽地说，她离婚了。瑟瑟和朱瑾一起伸开手臂去搂她。

她们又抱头哭了一场。她们喝醉那会儿，是已经哭过了一场的，只是她们都不记得了。她们哭的是这些年来所历经的心酸：上学时心心念念想赶紧毕业，走上社会，自己赚钱，自己当家做主，可进了社会才知道，钱不是好赚的，家不是好当的，形形色色的人也不是好对付的。朱瑾哭自己不知道哪天就会下岗；胡蝶哭自己净身出户地离了婚还被前夫一顿暴打；瑟瑟哭自己曾经养尊处优地长大，现在却要寄人篱下。她们三人酒醒后的这一场哭，很快就结束了。朱瑾问："你们听过《三只蝴蝶》的故事吗？"瑟瑟和胡蝶摇摇头。

"从前，花园里有三只蝴蝶。一只红的，一只黄的，一只白的。它们在天堂寨花园里一块儿玩耍，过得很快乐。有一天，它们正在草地上玩捉迷藏，突然下起了大雨。它们飞到红花那里，请它让它们躲在它的叶子下避雨。红花说，它只让红蝴蝶进来。三只蝴蝶齐声说：'我们三个是好朋友，要来一块儿来，要走一块儿走。'于是，它们又飞到黄花那里，黄花说，它只收留黄蝴蝶。三只蝴蝶又一起飞走了，去找白花。白花与红花、黄花一样。它们仁索性就在大雨里淋着，谁也不愿离开同伴独自避雨。这时候，太阳公公从云缝里看见了它们，连忙把天空的乌云赶走，吩咐雨停下来。天晴了，太阳公公把三只蝴蝶的翅膀晒干了。三只蝴蝶迎着太阳，又在花园里快乐地飞来飞去。"

　　瑟瑟泪眼婆娑地听朱瑾讲完《三只蝴蝶》的故事，然后说，她知道菜市场的那条巷子里有家刺青店，要不，她们一起在虎口上各刺一只蝴蝶，让太阳公公能早日看见她们这三只淋雨的蝴蝶，多给她们一点儿阳光，让她们的生活多有一些灿烂。

　　"瑟瑟，事情过去这么久了，你也别太介意了，好吗？"朱瑾说着，又把手伸向她的膝盖拍了拍。瑟瑟望着朱瑾右手虎口上那只色彩黯淡、花纹模糊的蝴蝶，又低头看看自己的左手——她是左撇子，所以特意让人把刺青刺在了左手上，不像朱瑾和胡蝶的蝴蝶刺青都在右手上。如果当年不去刺什么刺青，很多真相会不会就能被蒙蔽在这满是尘埃的世间？

　　雨噼里啪啦地打在车上，没有打在车上的雨蛮横地缠绕着车灯射出的光，蛇一样凉滑的雨线裹得光扭曲了起来。

　　那两具湿气腾腾的身体也像蛇一样缠在一起，卫生间内昏黄的灯光也被他们扰乱了，瑟瑟替他们带上门，冲到楼下，院子里头，清汪汪地漾着一层月光。瑟瑟像被月亮摄了魂魄似的，站在那里，一动不动。一阵踢踢踏踏的脚步声后是"扑通"一声响，高高大大的男人跪下来，头也抵到她的胸前，他开始噼里啪啦地扇自己的耳光。紧接着，那条蛇也游下来了。瑟瑟狂吼起来。睡在一楼的朱瑾被吵醒后，打开门，到院子里，看到月光下的一幕，差点以为是撞到了鬼！

　　事情很清楚了，不需要再说。

　　朱瑾愤怒地谴责了胡蝶："兔子还不吃窝边草呢，你居然在好姐妹的眼皮子底下偷人家老公！我真是作孽，好心留你们在家里住下，为的是我们姐妹三人好能互相照应，结果……"朱瑾还要说"三只蝴蝶"，结果瑟瑟一头倒在了地上。

　　朱瑾和庄生忙送瑟瑟去医院，回来后，胡蝶已经带着自己的行李箱离开了。

　　后来的日子，新伤覆盖着旧伤，胡蝶事件并没有引起蝴蝶效应，瑟瑟和庄生的婚姻一直延续到现在。

　　"真的会过去吗？"瑟瑟举起手机，手机上呈现的是一张手牵手的照片，其中一只手上的蝴蝶刺青栩栩如生。"这是庄生的微信小号的头像。"瑟瑟说。

　　朱瑾扭头看手机的当儿，方向盘一摆，险些撞到护栏上，就像刚才那辆逞能的红色SUV。朱瑾暗自庆幸自己反应快，修正及时。这时，导航提示，前方有服务区。也开了这么久，干脆到服务区休整一下，再好好问问瑟瑟，这照片到底是怎么回事儿。朱瑾叹口气，心想，为什么人都活得这么别扭呢？

　　到了服务区，雨大得让朱瑾不想下车，瑟瑟倒是立马冲了下去，她说要上厕所。朱瑾就坐在车上，望着她顶着一把红伞，飞快地在雨帘里跑。她突然又想起《三只蝴蝶》的故事，瑟瑟这只红蝴蝶正一个人在雨里飞，她这只白蝴蝶在白色的路虎里躲雨，那么，胡蝶那只黄蝴蝶此刻在做什么呢？说好三个好朋友不分开的……朱瑾的眼睛被强光晃了晃，一辆打了远光灯的车泊了过来。"没素质！"朱瑾骂了一句，却意外地发现，那辆车居然是刚才撞到护栏上的大红 SUV，只见车里下来一个人，光着头，是的，光着头——一个没有打伞也没有长头发的裸脑袋冲进了雨中。朱瑾故意把车灯调成远光，只见光圈里，那光头一把揽住了那只红色的蝴蝶，并且，那手臂上赫然纹着一群翩翩欲飞的蝴蝶刺青……

孤　城

　　谢明拖着一只北极熊般笨重的行李箱，满头大汗地登上比蜗牛的爬行速度还慢的电梯。电梯厢像只插满火柴棍的火柴盒子，唯有他携着巨大的箱子，像根畸形的火柴，无处安插。好不容易把自己和箱子塞进了"火柴盒"，谢明耸着肩，抻着头，僵挺挺地立着，因为个子高，他俯瞰着众脑瓜，那些脑瓜上顶着黑的、白的、灰的、黄的毛发，散发着酸腐味、消毒水味、劣质香水味……他屏住呼吸，在心里默数：一、二、三、四、五、六、七……直到实在憋不住，匆匆吸口气后，再继续闭气。如此反复了数次后，电梯终于在十八层停下来，张开它那大嘴似的门，把谢明像颗果核似的吐出去。

　　谢明站在楼道里，有点贪婪地吸了口气。虽然空气中灌满了消毒水那呛人的味儿，但相较方才电梯里的气味，这空气简直可用"清新"来形容了。这感觉让他想起多年前乘飞机辗转十几个小时抵达西雅图时，呼吸到的第一口空气。

调整好呼吸，谢明提着箱子，来到护士站。"你好，请问谢……"

"十二床谢正贤家人到了！"谢明的话还未说完，护士站那个在埋头书写着什么的护士，扭头冲护士站的里间轻呼道。

里间立刻飘出来一位瘦若仙子的护士，谢明发现了她的护士帽上带了道蓝杠杠。

"您是谢正贤的家属？"她放下手中的病历夹，走到护士站前，望着谢明问道。

"护士长好，我是他儿子，给您添麻烦，我来晚了，请问他现在情况如何？我想先看看他可以吗？"谢明把箱子放在脚边，焦急却不失礼貌地说。

"这边请。"

谢明被请进的是医生值班室，留着平头戴着黑框眼镜的医生，坐在放了一摞病历的办公桌后，只翻眼看了看，就指着自己办公桌对面的木凳说："坐。"

谢明坐下来时，医生"叭"地按亮了放在办公桌侧面的一个方盒子，然后把一张黑色的胶片搁上去，方盒子散发出的光在片子上映照出了一个个图像。医生用笔在片子上边指指点点边告诉谢明，他父亲谢正贤目前的情况：脑干出血，危及生命。

走出医生值班室，谢明在护士的指引下，来到父亲的病房，他被告知只有十五分钟的探视时间。

　　已有五年没见的父亲，不对，是三天前才通过视频电话的父亲，此刻，正躺在 ICU 病房，被各种闪着荧光、嗡嗡作响的机器围绕，身插导管，头顶绑带，紧闭双眼。

　　谢明俯下身，贴近父亲的脸，轻轻叫了声："爸。"

　　十五分钟的探视时间，过得有点像考试提示铃响后的那最后半小时，短暂而又漫长得令谢明不知该做些什么才好。护士长催他时间到的时候，他才发现自己除了喊了声"爸"，还什么都没做呢。

　　从病房出来，他被告知，要去缴费。

　　两天前，父亲在鸟岛附近摔倒，被路人发现，路人立即报警并拨打了"120"，父亲被送到医院抢救。警察从他手机的通话记录里查到的都是一些无效联系人，全是证券公司、房产经纪人、保险销售之类的电话。直到打开微信，才联系上了谢明。

　　父亲的白昼是谢明的夜晚。睡梦中的谢明，被骤然响起的微信语音电话提示音给吓了一跳。抓过手机，打开一看，是父亲，谢明忙点了接听键。结果，视频里居然出现了一个警察的头脸。他赶忙欠身拉开床头柜上的台灯，想想不对，又拉了拉被子，遮住自己赤裸的上身。

　　"你好，我是寿春派出所的民警，请问你是谢正贤的什么人？"

　　"您好，我是他儿子，叫谢明。请问我父亲怎么了？"谢明能感到自己的心脏在咚咚作响。

　　挂了电话后，他起身，从卧室下楼，走到客厅，喝了一杯冰水后，又打开门，像只无头苍蝇，在前后花园里乱窜，直到天亮。

从西雅图到北京，再从北京到寿州，谢明万里迢迢地赶回来，终于来到了父亲身边，却只获准拥有十五分钟的探视时间。

按照护士长的交代，办好一切手续后，谢明拖着寄存在护士站的大行李箱，再次登上电梯。出了医院大门，一群出租车司机蜂拥而至，问他去哪儿。

去哪儿呢？

父亲曾在微信里告诉过谢明，家里的老宅交掉了，因为拆迁。父亲现在租了一间房，但具体在哪里，他并不知道，他已经五年没有回家了。

"去酒店。最近的。"谢明对那位接过他行李的出租车司机说。

谢明一觉醒来，已是午夜。饥饿感如洪水猛兽般袭来，他匆忙穿上外套，打算出门去找吃的。

上次回家，父亲带他去十字街口喝羊肉汤，那汤就着油炸馒头片，能喝出过去的味道。仿佛是被那香味吊着，谢明居然径直走到了那家羊肉汤店。

虽然已是午夜，但小店的生意并不清淡，那暗红色的棚子，被灯光与炉火映出了暖意。棚子最里面的那桌，四个汉子边喝酒边大声喧哗，谢明只在喝碗汤的工夫，就听出了个大概，他们刚刚替人搬完家。

"那女人真傻，房子早就被人卖了，她还不晓得。"其中一个络着腮胡说道。

"活该，这就是当狐狸精的下场！"

"喝酒喝酒，喝完好回家睡觉，一早还要干活儿！最近拆迁户搬家赶到一块儿了，我这腰都快吃不住了……"

谢明吃完最后一块馒头片，结账，走人。

夜色里的小城，灰扑扑的，却依旧不安静，街道上，不时有车、有人。

快到酒店时，谢明看见前面有个人影，疾疾地拐进了酒店，他感觉那影子有似曾相识之感。

回到酒店，谢明感觉浑身燥热，冲了个澡，躺下来，想看会儿书招揽瞌睡虫。可是刚躺倒，就听到一阵呜呜声，他把书放下，屏息静听，仿佛是隔壁有人在哭。

这时电话响了，谢明抓起床头柜上的电话，话筒里传来矫揉造作的蹩脚普通话："先生，需要服务吗？"

谢明挂了电话。那股燥热又从腹部升起。隔壁的哭声大了些，可以辨明那是女人的声音了。谢明索性关了灯，平躺在软塌塌的双人床上，任那哭声一浪浪往耳中灌。

小时候，谢明经常在睡梦中被哭泣声吵醒。

是母亲在哭泣。

母亲在谢明记忆中留下的仿佛唯有夜半哭泣这个印象。谢明十岁时，母亲才回来，回来后的第二年，家里来了一个五六岁的小男孩，说着他听不懂的上海话，只有在小男孩抱着妈妈，一声声喊"姆妈"时，他是听懂了的。

小男孩在他们家没过几天就走了，走了之后，母亲就经常在夜里哭泣。他很想问父母，为什么那个小男孩管自己的妈妈叫"姆妈"，他是谁？但他没问。

十五岁那年夏天，他以高分被县一中的高中部录取。那个夜晚，他没有被母亲的哭泣声吵醒。从那天起，他再也没有听过母亲的哭泣。

他高中毕业后，考取了一所师范大学。毕业后回到小城教了几年书，又接着读研、出国、读博，现在在大学里教书。

年华最经不起盘算。有时候，他自己都会问自己，这些年是怎么过的，唔，就这样，读书、教书，一晃三十年过去了。他知道，自己算的时间，是从母亲走的那年算起的。

想起母亲，谢明就想抽烟。他起身，走到窗边，拉开窗帘，打开推拉窗。

"呀！"他伸头向窗外点烟时，被吓得一惊，隔壁窗口悬着一个木偶似的人影，定睛一看，那人坐在窗台，白衣飘曳……

这可是九楼哇！

谢明定了定神，想返回床边打报警电话，但人影发出的哭泣声，绊住了他的脚步。那经过克制却依然迸发的哭泣声，与三十多年前、他几乎夜夜都能听见的母亲的哭声是多么像。压抑而苦闷的哭声里，藏着控诉与控诉无门的委屈。

他几乎是出自本能地、轻声对隔壁窗口上与自己相隔不到两米的人影说："你怎么了？别哭，下来说好吗？"

人影扭过了头，灯光下，映出一张满是泪痕的苍白瘦削的脸，脸上覆了些散乱的头发，眼神凛凛的，有刺目的光。

她止住了哭，望过来的眼神里蓦地生出一团火。

"有酒吗？"她问。

"哦，有的有的！"谢明听到她略带沙哑的声音，倒有些慌乱了。

接着，她很灵巧地转了个身，钻进了推拉窗很窄的缝隙里，不见了。

几秒钟后，他听到两声短促的敲门声响起，他立马打开门。开了门才反应过来，自己仅穿了一条底裤。

仿佛经历了一场梦。一场春梦。

梦醒后，谢明觉得，她就像是一条鱼，冰冷、潮湿、无声。

她也醒来了，从谢明的怀抱里挣脱出来，问："酒呢？"

谢明忙下床，打开他的行李箱，从箱子里翻出一瓶威士忌，他没有骗她，他真的有酒。

为了缓解尴尬，他进卫生间裹了条浴巾，然后打开酒，把酒分别倒进两只玻璃杯里，递给她说："我不仅有酒，还有故事，要听吗？"

她伸着两条如仙鹤腿似的细长腿下了床，从地上捡起白裙像披肩似的披上身，顺手把覆在脸上的头发捋到耳后，走到谢明身边，从他手中接过酒杯，俯下头，对着杯口，深深地嗅，仿佛在嗅一朵花。

谢明望着她，她却不看谢明，只把酒杯冲谢明的酒杯上磕了一下，便兀自举起杯，仰着那鹤似的长颈，"咕咚咕咚"，两口便干了杯中酒。

"说你的故事吧。"她放下酒杯，两只眼睛如探照灯一般，照向谢明的脸。

谢明呷了一口酒，用两个掌心不停地搓着酒杯，酒在杯子里晃荡着，将溢未溢。

"我的故事很乏味。"谢明说着，又呷了一口酒，说，"我没有妻子，没有孩子，一直在国外教书，老父亲不肯去国外，非要一个人在这里生活。现在他病了，躺在医院里，生命垂危。"

"你至少还有父亲，哪怕他现在正躺在 ICU 里，昏迷不醒。"她说，"我在这个世界上没有一个亲人了。母亲几十年前走了，父亲十几年前走了，爱人十几天前走了。"她说完，朝谢明扬了扬自己手中的空杯。

谢明起身拿酒，缓缓给她斟酒，她端着杯子，眼睛望着杯中一层层往上涨的酒，却没有喊停的意思。酒至半杯，谢明停了手，她才把目光从酒杯转移到谢明的脸上。

"你怎么不回家？"

"你怎么不回家？"

俩人轻轻碰了碰杯后，异口同声地问对方。

谢明迟疑了一下说，家里房子已被拆迁，父亲租住的地方他不知道在哪儿。她还没说自己不回家的原因，就先流了眼泪，然后把头埋在自己竹节般瘦骨嶙峋的肘弯里，啜泣了起来。

谢明也不作声，默默地望着她起起伏伏的肩背，不知怎的，他又想起了母亲，他那同样瘦骨嶙峋的母亲。

她似乎哭够了，抬起被涕泪糊住的脸，带着决绝的表情，三两口喝干了杯中酒，起身，放下杯子，飘然而去了。

谢明坐在那里，望着门。他感觉她简直就像是狐仙，这一夜，真像是在上演《聊斋》。他心口突然隐隐作痛。

他记得十一岁那年冬天的一个傍晚，他放学回家，看见爸爸爬到了屋顶上，在屋顶竖一根绑着电视天线的竹竿，"家里买电视啦！"他开心地在院子里蹦了起来，周围邻居家的屋顶上都竖起了电视天线，他一直眼巴巴地望着，他做梦都想自己家的屋顶上能长出那样的天线来。

推开门，他看见房间里果然放了一台十四英寸的黑白电视机。妈妈凑在电视机旁旋转频道按钮，弟弟搂着妈妈的腿，伸着头望着满是雪花点的电视屏幕，他的心在怦怦地狂跳着。那种梦想成真的快乐，让他简直想哭。

那天吃罢晚饭，也就是喝了碗绿豆粥、山芋稀饭后，他趴在饭桌上写作业。平时，他写作业很专心，那天，他一直支棱着耳朵听里屋的电视声。《新闻联播》播放完了，播《天气预报》，播广告，又播了本省的新闻。他心猿意马地写完作业，把摊在桌上的书本、文具收拾好，去打水洗脸洗脚。他刚把洗脸水倒进脚盆，突然听到一阵很惊悚的音乐从里屋传来。他把脚放进盆里使劲踩水晃悠了几下，发出一阵阵水声，然后急吼吼地擦干脚往里屋冲。里屋铺了两张床，他那张小床是一扇旧门板架在两条木板凳上做成的。妈妈回来前，家里只有一张床，他和爸爸睡。妈妈回来后，爸爸不知从哪里弄了扇旧门板帮他搭了这张床。他脱衣上床，看见电视上出现了一个美人，一转身，就变得青面獠牙了，他吓得发抖，弟弟在他妈妈怀里都吓哭了，妈妈哄他："宝贝不怕，不怕。"他躺下，歪着脑袋，直冲着电视看，看到吓人处，就把被子往上拽，拽到半蒙着眼的地方，一集电视剧很快就放完了，再放下一集的时候，他才知道，这就是《聊斋》。在学校里，同学们下了课就说《聊斋》，这下，他也有话可说了。奇怪，他看着看着，居然流泪了。

很多年之后，他在看电影《画皮》时，也是看着看着就流了泪。那是他最后一次和叶敏约会。影院里，叶敏悄悄地递给他一张纸巾，他接过来，用纸巾捂着嘴，轻轻地咳了一声，才把纸巾迅速地上移，揩掉了落在腮上的泪。那一年，他三十岁，叶敏也二十九岁了。他们本该在两年前结婚，但他突然在那年考上了研究生，要离开小城，去省城读书。这意味着，他连过去那份微薄的中学教师的工资都没有了，他对叶敏说："等等吧。"

看《画皮》的那天，叶敏去省城找他，在他的宿舍里，她第一次拒绝了他的求欢，而是坐在他对面的床上，有点庄重地对他说："我们分手吧。"

他没有说话，像往常她来探望他一样，出了宿舍后，他们去吃小吃、看电影。电影散场后，叶敏主动把手伸给他，他紧紧地攥着，牵着她，默默地在风里走了很久。

他很快就得到了她在小城结婚的消息。他记得她曾经说过的，女人三十岁之后结婚，穿上婚纱化了妆，简直就像演《聊斋》，女人最不经老，老女人再化个新娘妆就像鬼一样丑！她不想像鬼一样丑，所以在三十岁之前嫁掉了。

　　谢明听到隔壁传来水声，心想：她在洗澡吧？刚才也不知到底怎么了，怎么就那样了呢？或许，是因为她的眼神和身形，有那么一点儿、有那么一点儿像叶敏？

　　叶敏回到自己房间，关窗拉窗帘时，发现天空就要泛蓝了，那种接近紫色的蓝，像隔着皮肤的静脉血管颜色。

　　她把自己掷向那张软塌塌的、看起来很不洁净的大床上。她用冰凉的手指沿着脸、颈、胸、腹一路滑下去，瘦得像鬼似的！她在心里不断骂自己。骂完了，翻身朝下，把头蒙在被子里哭。哭老天爷对她的不公，哭自己的不长心。哭累了，也哭热了，她掀开被子，下床，去卫生间。她感觉镜子里的脸若去演《聊斋》里的女鬼都不用化妆了，她有点鄙夷隔壁的男人，看来真是憋坏了，那么一表人才的，居然连她这样来路不明的女人都敢搞！男人真不是东西！

　　这么一想，她有点心酸。她怎么就成来路不明的女人了呢？如果不是遇到那个畜生，她又怎么会落到今天这一步？自己被人卖了都不知道！她狠狠盯着镜子里那张有着黑眼圈肿眼泡、法令纹深重的残败的脸，恨恨地怪人怪己。她打开水龙头，水汽冲到了镜子上，盖住了镜子里的那张脸。她把毛巾打了香皂洗洗搓搓后，浸了热水，绞干，敷眼。

　　一个半小时后，她走出房间。旁人看到的是一个袅袅婷婷的美人。她随身携带的超声波美容仪、玻尿酸面膜、去黑眼圈眼膜和成箱的美妆工具让她有了一张不易被揭的“画皮”。就这样走在街上，谁也看不出她已经四十岁了。

　　在去医院的路上，她有点后悔，如果他认出了她怎么办？多尴尬啊，一个病人家属，一个护士长，居然搞起了这等不洁之事。出了酒店，她自己都感觉这事有点恶心巴拉的。可是，夜里，她真的控制不住自己，她就是想毁自己，这么多年，对那个畜生，她全身心地投入了，结局怎样？她满心都是恨啊，这恨要把她给燃爆了。她只想找个男人，随便什么男人，把内心汹涌泛滥的恨给释放出来。她没有想到，居然遇到了他。不过也算幸运，至少他是个知名知姓的人，昨天聊了两句，知道他还是位博士，在美国的大学里教书。她想，跟这样的人有了一夜温存，倒也值了。畜生偷着出了国，我在家偷国外回来的人，挺好，值了——她正这么想着，内心充满波澜地走到了医院。

　　还没到科室，叶敏就接到电话，大夜班的护士急慌慌地说，十二床病情危急，需要家属签字，但一直联系不上家属。

　　说话间，叶敏已经到了护士站，给她打电话的夜班护士见到护士长，立马挂了电话，向叶敏报告病人的情况，说是医生已经在抢救了。叶敏迅速换好工作服，进了谢正贤所在的ICU病房。"患者高热，双侧瞳孔散大，之前呼吸骤停，经心脏按压，心内注射强心针，刚刚恢复心跳。"在谢正贤的病床旁记录患者出入液量的护士向叶敏报告道。叶敏查看了谢正贤的气管插管口，查看了他身上各个管道的连接情况，又观察了一下他的二十四小时动态心电图与呼吸机上的数值，简单向病房护士交代了几句，就出了病房。

　　她走到值班室与护士台之间的过道，掏出手机，拨打

"114"，说："查询寿州大酒店的总台号码。"她口中念念有词地挂了电话，又重新拨了号，电话通了，她说请转901房间。几秒钟的等待后，她听到那个有点温和的声音从话筒里传来。她努力让自己以医务工作者冷静专业的口吻对他说："谢先生，请速来医院，您父亲病情危急。"她没有容对方回答，就挂了电话。她把手机装进白大褂上面的口袋里时，触到了自己怦乱的心跳。

谢明满头大汗地跑到护士站，护士略带责备地说，半宿都联系不上他。谢明只抱歉地说没注意自己的手机什么时候弄丢了，便央求护士领他去见父亲。父亲那瘦成干核桃似的脸，被一包管线绕着，陷在惨白的病床里，他那翕动的嘴唇上方，生着乱如茅草的灰白胡须。谢明看着看着，泪就出来了。父亲，那个曾经生龙活虎的父亲，几天前还在视频里骄傲地告诉他，自己保住了鸟岛，成了千万只鸟的恩人。说这话的时候，他还劝父亲，年纪大了，不要操心那些事，那属于环保问题，政府会派人考察的。父亲说，政府要管的事太多了，群众若不去反映，很多事，政府哪里晓得啊。说着，他还冲着镜头，举了举拳头，谢明知道，父亲那是在向他炫肌肉呢。真是个老小孩——谢明当时挂了电话后还自言自语地笑着说了这么一句。

可是，就是这么个老小孩，突然就倒下了。像一座塔，坍塌在荒草里，成了一堆破败的碎片。他从没想过父亲会倒下，他完全没有做好父亲要倒下的心理准备。这次回来，包括昨天看到父亲，他都觉得，父亲会一天天变好的。他还想，等父亲康复后，带着父亲去趟黄山，听说，叶敏就在黄山呢，说不定还能见见她——此刻，他为这个昨天曾有的念头而感到羞愧，感觉自己太不孝了，父亲都病成这样了，自己居然还会想见失联了十几年的前未婚妻。

"12床家属，请你去医生办公室。"护士说。

他抬起手，胡乱地抹了抹脸，又伸手去握了握父亲那状如鸡爪的枯瘦的手。那干枯的手指上还夹着连接仪器的线夹，他不小心把那夹子给碰掉了，身后的护士快步上前，给重新夹好了。他一抬头，与那护士的眼神撞在了一起，她匆匆转身，飘也似的走了。

还是那位理着平头戴黑框眼镜的医生，又是"叭"的一声让办公桌上的那个方盒子亮起灯，片子是已经放在那上面了。医生这次用手指指着片子上的某处位置，说："脑干出血，量大……"谢明感到天旋地转，医生的话，他只听到了开头和结尾——"随时有生命危险，不可逆了"。医生又问："是继续抢救，还是——"他粗暴地打断医生："全力抢救！"然后，他昏头昏脑地在医生递过来的几张单子上签了自己的名字。

回到病房，谢明把床尾的方凳移到床边，他坐在凳子上，紧紧挨着床，握着父亲的手，那双干烫的手不时地抽搐着。谢明要小心地护着插在他手臂上的输液管，一滴滴延续生命的药液前赴后继地注入这即将腐朽的躯体。

叶敏发现，谢明在床旁已经守了六七个小时了。她进进出出了好几趟，他都没有抬头。但她确定，他是已经认出她了的。因为，他们之前目光对视的那一瞬间，她看见了他眼里的迸发的火花。而且，那火花让她突然想起了一桩二十年前的旧事来。

二十年前，她刚到县医院上班，她记得是冬天，对，确定就是冬天。她父亲叶师傅被人送到急诊室，巧了，她也正在急诊科轮岗呢。父亲是被一个细高个儿的男孩背进急诊室的，叶敏一看，父亲的裤腿往下淋着水，脱了鞋袜的光脚明显是被开水烫伤了。那天，她从男孩手中接过父亲，两人四眼相对时，她被男孩灼灼的目光给逼得连忙转了脸。

护士台的呼叫铃又响了："十二床。"她随值班护士一起进了病房，谢明几乎贴到了十二床老人的脸上，大声喊："爸爸，爸爸……"心电图已是一条直线了。医生、护士开始了紧张的抢救。她拽了拽谢明的手臂，谢明回过头，狐疑地望着她，她示意他起身，他迟疑了一瞬，便起身退后，把位置让给了进行抢救的医生。

抢救一直持续到下午五点，医生又找谢明谈了话。谢明明白医生的意思，父亲的生命已经无法挽回了，现在的抢救，只是在拖延时间，说白了，就是为了让家属获得稍许安慰。谢明在美国待了数年，对在美国的一些州已经合法化的"安乐死"是认可的，可是现在，大事临到了自己头上，他怎么也下不了决心，对医生说放弃。

直到晚上七点，谢明看着父亲的身体越来越频繁地抽搐，脸上的表情也越来越痛苦，他才走出病房，去找医生和护士签停止治疗单。

"叶敏的外卖。"刚到护士台，谢明被"叶敏"两字一惊。护士台外，外卖小哥拎了一包餐品，喊人收货。

谢明听到一个略带沙哑的嗓音从里间应了一声，紧跟着，一串很轻的脚步声带出一个纤细的身影。那个身影没有穿工作服，只是一袭白衣，也没有戴口罩，裸露出一张妆容明艳的美人脸。

"你……"

"你……"

俩人再次异口同声说道。

停药后的谢正贤于晚上九点十九分停止了心跳与脉动，被医生宣布已经死亡。

那一刻，谢明石化一般立在父亲面前。他没有流泪，甚至感觉不到有多难过，他有种被掏空的感觉，脑海里全是不停抖动的雪花点，和三十多年前，家里新买的那台黑白电视机上的雪花点一样。那时，母亲在房间里凑着电视机调台，父亲在屋顶上旋转电视天线的方向……现在，就只剩他一个人了。

已经下班的叶敏护士长没有离开，她吃完外卖，又换上了工作服，她甚至亲自参与了谢正贤遗体的临终护理工作，并向谢明表示了安慰。

望着被白床单覆盖的父亲，一直不动声色的谢明突然扑向父亲，大放悲声。叶敏拉起他，轻声说："护工来了。"

他踉跄着起身，一头扎向叶敏，惊得外人大喊："干什么，快放开护士长！"他被人当作滋事的患者家属，两个来运遗体的护工将他一把拉开。

叶敏冲护工摆摆手，说："你们先去吧。"

谢明保持着被护工拉开时的姿势，躬着背、端着肘、叉着腿站在那里，他在虚拟做着与一个人拥抱的姿势，与叶敏拥抱。

"叶敏，原来你就是叶敏。"谢明听见自己的自言自语，这句话，被他用普通话说得很像话剧腔，可谁又能说，人生不是一场悲喜剧呢？

"是的，我是叶师傅的女儿。当年，是你送我爸到医院的。"叶敏望着他，她说的是寿州土话。

"叶师傅说，要给我介绍一个女朋友，我记得，他说过，女孩叫叶敏，在县医院工作，但他没说，叶敏是他女儿。我那时年轻，谈恋爱之心迫切，听他说了之后，就一直蠢蠢欲动地想尽快见面。那天下午打球，我崴了脚，去县医院拍片，给我拍片的放射科医生，就叫叶敏，我以为她就是师傅要给我介绍的叶敏……"

叶敏幽幽地叹了一口气，说："走吧。"

他们一起走出住院大楼，出医院大门的时候，他们都愣住了，不知该往哪里走。叶敏不想告诉谢明，其实，是她自己总向父亲打听，那个送他看急诊的小伙子的情况，父亲才想给女儿牵红线的。只是，世上事，总爱阴差阳错地戏弄人。

医院大门口，是不容怀旧的，出租车司机不停地搭讪、按喇叭。谢明索性拦下一辆车，让叶敏先上，他坐在副驾驶，对司机说："去孤城转一圈吧。"司机嘴碎，不停地说："古城？你是外地人吧，我们当地人把老城区就叫城里。俺们这里，虽然是新建的，但在地底下，还老能挖出宝贝呢，这在古时候，都是城……好咧，去古城！"

　　坐在副驾驶，谢明习惯地按下了车窗玻璃，风伺机钻了进来，他又赶忙关上了车窗，车窗外，高楼林立，道路宽阔，连一点儿他熟悉的影子都找不见了，更别说什么古城气息了。这座曾当过十八年楚都的古城啊，其实，早已成了孤城。每个人都是一座孤岛，更别说一座城了，他在心里宽慰自己似的想。

春 秋

　　乘务员引她坐到自己的位子，并周到地帮她把行李箱码好后，问她，喝咖啡、可乐、红茶还是白开水。她略迟疑了一瞬，说："白开水吧，谢谢。"

　　这时，她看见前座的旅客扭过头来。公务舱的座位如按摩椅般阔大，他左右扭动身子，都无法回头看到她的正面容颜。而她，却一眼认出了他。她扯了扯旗袍下摆，感觉心脏像处于失重状态般猛地一沉，旋即又被一双无形的手捞起来，那手劲儿有点重，她感觉有点儿疼，不过，就疼了那么一下便止住了，她努力稳住自己的呼吸和嗓音，轻声说："你好！"

　　前位的旅客起身，站起来，三两步走到她面前，那双熟悉的眼隔在黑框眼镜后面，也掩不住惊诧，他的声音还是那样低缓："刚听见有人说话，感觉像你的声音，真是你啊……"

她微笑着颔首，笑藏在浅蓝色的口罩里。俩人再无他话，就那样彼此相望着，如塑像一般。

乘务员送了一杯白开水过来，她道了谢接过水，把水搁在座位侧前方的窗边，她顺便看了一眼他那边，只见他那边的窗台上放了一杯咖啡。他还在喝咖啡，她这么想的时候，不小心叹了口气。

那口气被他捕捉到了，于是，有了话题。"你没有变，连叹气的声音都没变。"他说着，摘下了自己的口罩，露出了整张脸，她望着他那刚刮了胡须的下巴，见那下巴凛凛地泛着青光。原本，那下巴上是有点肉鼓鼓的双颊，如今瘦下来了，时光将那张曾经的娃娃脸雕琢得坚毅而略带沧桑。

可不沧桑么？他已五十一岁了。居然不用算，她脑海里即刻浮现出了他的年龄，同样不用算的是，她清楚地记得，他们已阔别了二十一年。

他大概是觉得站在她面前有点别扭，便走到自己的座位旁，侧身坐下来，扭过身和她说话："你这是出差？"大概是觉得侧过身没法与她对视，他又站了起来，回到她面前。她仰起脸，望着他的眼睛，摇摇头说："不是出差。"

"哦。"他的眼睛里闪过一丝疑虑，她真的几乎没有变化，还是穿着旗袍，带着遮阳的草帽。瘦。认识她的时候，她还不到二十岁，站在大太阳底下，戴着一顶帽檐上别了朵向日葵绢花的宽檐草帽，穿一件苔藓绿底上浮着白色水草花的布旗袍，挺拔地站在嘈杂的人群中，特别有辨识度。从他那个角度看过去，她那高过别人的头颈，如白天鹅般高傲而美丽。后来，熟识了，他把对她的第一印象说给她听，并在私下里称她为"白天鹅"时，她拒绝了这个称呼，伸出手臂，拂柳一般地在他眼前摆动着说："瞧我黑得跟炭似的，叫我白天鹅岂不是讽刺？"他捉住她那条细伶伶的长胳膊，去吻她的手。她的手指头细长尖削，一根根如小锥子似的直朝他心里戳。他把她当孩子似的喜欢，一不小心，喜欢得过了头，变成了爱。等他发现，自己每天每时每刻都想知道，她在那一刻做些什么的时候，他才暗恼：坏了！

知道"坏"时，便已迟了。

"这样看你挺累的，我也站起来吧。"她说着，肩膀前后摆动着，把身体往座椅下移了移，双手按着扶手，站了起来。

他注意到，她竹枝般枯瘦的十指上光秃秃的，没有美甲，也没有戒指，他的心一怵。"这辈子，我只能是你的，不仅这辈子，我觉得上辈子、下辈子、下下辈子，我都只是你的……"当年，她说过的话又飘了回来。他在想，她手上没有婚戒，不会是真的没有结婚吧？他突然有点愧悔，其实这二十一年间，他有很多机会见到她，即便不见她，也可以通过很多途径了解她的状况，但他没有，之所以没有，到底是为了她好，还是为了自己好？而如今，他们真的都好吗？一股凄苦的滋味漫上来，呛得他开了口："你过得好吗？"

"你说呢？"她站起来，后退了两步，靠在车窗上，说话时，偏了偏头，还像当年那个小女孩似的，带着几分挑衅似的顽皮，显得很是灵黠可爱。

"孩子多大了？"他想了一下，没有直接问她是否已结婚，而是自作聪明地以这种失礼的方式问道。天知道，问这句话的时候，他的心是何种程度的乱了套似的瞎蹦跳。难道当年那场意外，让她失去了做妈妈的机会？

她扭过头，看着车窗。窗外，错落的田垄泛着秋日的斑驳。车过隧道，车厢陡然陷入黑暗。须臾后，刺目的光又回来了，她依然侧着身子倚着车窗，腰身如纸片似的，上身倒是丰满了许多，以至于把她身上蓝白格子旗袍上的格子都绷得变了形。她还是没有摘下口罩，看不见她那张生起气来和高兴的时候都爱嘟着的小嘴，也看不见她小巧圆润的鼻头以及鼻梁上一群俏皮的小雀斑。没有被口罩遮蔽的那双眉眼，神情没有改变，但当初那双细长的丹凤眼，不知怎的居然变成了双眼皮，难不成是记忆出现问题？据说，太想一个人时，会忘记他的面貌。他也没有太想她，但这些年，一直忘不了她倒是真的。

她摘下了口罩，露出了一张略带倦容的巴掌脸，他家乡的方言，夸女孩子生得清秀时，总少不了一句关于脸型的描述："巴掌大的小脸。"她把口罩对折后拿在手上，用另一只手去端水杯。轻呷了一口水后，她抬眼问他："你呢？"他发现，她对他提出的问题一个也没有回答，全用反问句怼了回来。他在心里叹了口气，心想：该！这是他欠的。

"我老了。"他叹息道。

"他们呢？"她接着问。

　　"在国外，都挺好的。"他的眼睛朝向她的脸，却并没有将眼神聚焦于她的眼睛，他怕从那里看到任何表情，并且也不想让她从他的眼神里看出点什么异样来。

　　"哦。"她回复得淡淡的，从语气与音质里没听出什么情感。

　　"请问先生、女士，需要什么餐品？我们这里有三杯鸡套餐、红烧牛肉套餐……"乘务员轻轻地进门询问。

　　"有红烧牛肉面吗？"他问乘务员，又转过头问她，"你还吃红烧牛肉面吗？"问话熟稔得仿佛他们才刚一起用过餐似的。

　　他这么问的时候，令她想起了他做的红烧牛肉面。他每次都会用半天的时间把牛肉炖得烂烂的，直到把与牛肉一起炖的土豆都炖成土豆泥了，才关上火。等她到了，他烧水下面，捞出面，把红烧牛肉当浇头，然后望着她美美地吃，听她边吃边大声地赞美着，那感觉对于他，真是一种繁复的幸福啊。他不仅把她当女人宠爱，更把她当作孩子疼爱，可能是因为那时候她身上的女人味不足、孩子气旺盛的缘故吧。而如今，她穿着鱼尾摆的改良旗袍，盘着乌黑的发髻，静立在窗边，不仅散发着淡淡的香水味，更彰显着浓浓的女人味。

　　她说："谢谢，我不饿。"

　　他也只好陪着她不吃。乘务员走了，舱里又只剩下他们俩。他不知接下来该说什么。她神情寥落地望着窗外，并无继续说点什么的意思。"那就坐下歇歇吧。"他说罢，颓然坐回到自己的座位上。她没作声，依旧倚着窗，茫然地望着窗外，她看见一棵树孤单单地立在田野里，那树冠硕大，就像……还没来得及细看时，它已经被时速三百多千米的高铁给抛在了身后。

"不晓得大院里的那棵泡桐树还在不在？"她突然转过脸，望着他问。

"大院都不在了，已经拆了好些年。学校搬迁了，你不知道么？"这么问的时候，他倒是舒了一口气，看来她对他和他的城市有何改变一无所知，那么，就不用担心她知道有关他的事儿了。

"真可惜啊。记得春天泡桐树开满了紫色的喇叭花，一嘟噜一嘟噜的，可好看了！"

"我还从地上捡了花给你做了个花环，你戴着那花环拍了张照片，我还有呢……"他说着，拿出手机，把眼镜往额头上一推。她看着他的手指在手机屏幕上笨拙地戳来戳去，暗忖：他真是老了。过了好久，他才找出了照片，把眼镜重新架在鼻梁上，微笑着将手机递给她。

她接过手机，看见一张模糊的老照片，照片上还有反光，想必是在夜晚的灯光下，冲着蒙了玻璃纸的老影集上翻拍的。照片上，短发女孩头上顶着一只花环，笑得眼睛都眯成了一条缝。印象中，她从没见过这张照片，所以乍一看，她简直不信照片中的女孩就是她自己，这是二十一年前，那个还不到二十岁的她。照片的右下角横着一道姜黄色的线，她仔细辨认了一下，原来是老照片的拍摄时间——"2000.04.26"，数字已有些模糊，但还是被她认了出来。辨出那个时间后，就像揭开了尘封许久的老屋顶上的瓦块，一连串过去的日子便如蝙蝠般从老屋里成群结队地飞窜出来。

她想起了二〇〇〇年五月二十日那天发生的事。那会儿，五月二十日就是一个普通的日子，微信还没有被研发出来，数字红包也还没有出现，人们还不兴把那个日子作为情人节来过。她之所以记得那一天，是因为那一天是一个无比疼痛的日子，那天她腹痛晕厥被送到医院的时候，被告知是有了宫外孕，学校正要通知她的家长，却被她父亲的单位告知，她父亲出了车祸，脾破裂，正在医院急救。

她做完手术出院后，在学生处，像个罪人似的被审讯，她拒不交代男方是谁。离开校园的时候，母亲拎着那只行李箱走在前面，她背着沉重的双肩包，双手各拎一大袋杂物往公交车站台走去。出校门的时候，刺目的阳光里，她仿佛看见了他们——他骑着摩托载着他的妻儿，她泪光一闪，别过头，大步走到母亲身边。

绿皮火车"咣当咣当"地把她载回家乡，那座三年前她风风光光离开的小城。因为被开除，她枉读了三年大学，只能持高中文凭找工作，找来找去，总算进了刚成立不久的联通公司。小城很小，藏不住秘密，很快，周围的人都知道了她的秘密。她索性凛然无畏地傲娇起来，每天高昂着她的天鹅颈，面无表情地坐在柜台，给人开卡、补卡、缴费、查通话清单。

她把手机还给了他。他说："加个微信吧，我把照片传给你。"

　　她迟疑了一瞬，从包里摸出手机，打开流量，点开微信的二维码，让他扫。他扫完，微信里跳出新好友的认证消息，她在点确认之前，又犹豫了一下，将朋友权限设置成了"仅聊天"。她不想重温旧梦，不想旧事重提，更不想了解他的现在并让他窥见自己的现状。

　　认证成功后，他发来三朵玫瑰，紧接着便把她那张老照片发了过来，然后立即又撤回了，他说请她等一下，他发原图。"原图"那两个字在她心里碾了一道，所谓"原图"，不过是旧照的翻拍，原来的一切早已被时光碾得粉碎。

　　"原图"发过来了，她保存了图片，把手机又放回包里。手机仿佛不乐意似的，在包里闹了起来："给我一个空间，没有人走过……"她有点羞赧，慌忙把手机拿出来："喂，我还有两小时到家，唔……知道了，好……同同呢？同同呀，想妈妈了吗？乖……"

　　他听出，她的手机铃声是齐秦的老歌《原来的我》。当年，在学校的晚会上，他弹着吉他唱过那首歌。他记得她说过，他弹吉他的样子，很酷。当年他心爱的吉他，那只红色的木吉他，早已不知被丢到了哪里。人生就是不停丢失的过程，丢失心爱之物、丢失心爱之人、丢失青春、丢失记忆、丢失健康……最后，直到把自己也弄丢，才算了事。听到她在电话中温柔地对孩子说话的声音，他在苦涩中感到一丝安慰。还好，他没有让她失去更多。

　　等她挂了电话，他问："孩子多大了？男孩女孩啊？"她笑笑说："三岁，是个女孩儿。""有照片吗？我看看？"他起身，她却绕开他，坐到了自己的座位，无声地拒绝了他的要求。

记得那时候，她也曾向他要求，看看"他们"的照片，他也是无声地拒绝了。

他们是怎么开始的？他回忆的场景与她记忆中的并不一致。他说，是在那场晚会彩排后，他请她和另外几位主持人去校门口吃炒面。而她记得的开始，是她在校医院输液时，他给她送了一杯热茶，那茶杯上还贴着一个标签，写着"一杯茶，一辈子"。她说若不是那标签，即便和他有交集，身为学生的她也不会对自己已婚的老师乱动心思。往事在每个人的记忆里，投下了不同的影像。所以，很多时候，与故人一起谈论往事时，往往会让人觉得大家经历的不是同一件事儿。回忆令过去变得可疑。但他们避而不谈的那件事，却成了一根长在他们心里拔不掉的肉刺。

二〇〇〇年四月二十六日那天，是他的三十岁生日。那天在图书馆附近的那棵泡桐树下，她怯生生地将两道杠的早孕试纸拿给他看，问他怎么办。他说这是最好的生日礼物啊。其实，他当时并没有想好接下来怎么办。那会儿，他也很慌乱，但他为了掩饰自己的慌张，拾起泡桐树下的落花，将那一朵朵紫色的小喇叭花串成了一个花环，戴在了她头上。在他的记忆中，她当时是哭着的，可为什么她在这张照片中笑得如此灿烂？往事里藏着许多难解的谜。也许，说"往事"还显得太狭隘了些，应该说"世事"才更妥当。

在他们陷入沉默的时候，火车也停了下来。车门打开，

乘务员引入一个年轻的女孩，女孩穿得很清凉，上身穿的白
色吊带背心不掩腰背，下身穿着的一条破洞牛仔短裤下裸着
白得发光的一双美腿。女孩戴着蓝牙耳机，左右环顾了一圈，
坐在了他们对侧的窗边。她特意瞅了瞅坐在前排的他，她发
现他的脑袋正偏对着女孩那边。她感到有一丝不悦，但很快
就意识到自己不悦得很不妥。关你什么事呢？难道自己半生
已过还不能接受"男儿本色"的现实？她心想。

　　女孩坐下后，就摘掉口罩，拿手机当镜子，涂起了口红。
涂了口红的女孩那饱满的红唇娇艳欲滴，把她的目光都引了
过去。她看见女孩点开微信，拨打视频，视频里出现一张戴
太阳镜的男人脸，只一闪，画面就转换成了绿色的草地，然
后镜头就追在一只在草地上欢跳的大金毛身上。她听女孩旁
若无人地叫着："梵高，梵高！"她想，这女孩肯定是个美
术系的大学生。摘掉口罩的女孩，露出一张吹弹可破的娃娃
脸，虽然她的腰肢盈盈一握，但因为年轻，脸上的婴儿肥还
没有褪尽，这样的脸一眼看上去便可推算出年龄，不会超过
二十岁，正是她当年遇见他的年纪啊。她又把目光从女孩身
上收回，投到他身上。岂奈，阔大的座椅靠背给他当了掩体。
看不见他，她只好又把目光锁定在女孩的手机屏幕上，那只
金毛活泼的样子让她想到了她的泰迪。那只无比黏人的泰迪，
她开始是很烦它的，但养着养着，就爱上了。她有时暗想，
对这泰迪的感情，可不正像对她家里的那个人似的，原本不
喜欢、无所谓，结果处着处着，倒离不开了。女人的感情就
是这样，会被岁月之火越熬越浓。而男人的感情呢？是女人

熬制的浓汤，盛出来，搁在那里，在光阴的消磨下，渐渐地凉了，不可口了。

她搭在包上的手指感觉到手机在包里震了震——方才，她把手机调到了振动模式，她不愿手机铃声再响起。那铃声是当年她最喜欢听他弹唱的歌，过了这些年，这首歌依然是她的最爱，但她却不想他听到后自作多情地以为那是她对他念念不忘。她忘不了的其实并不是他，而是她青春的记忆。如今，她可不愿让坐在她前面的这个身形臃肿的中年人置换掉她记忆中的那个玉树临风的他。有个"他"多好哇，在沙漠里看北斗星的时候，可以想到与他一起看夜晚的星空；一个人吃红烧牛肉泡面时可以想到他为她精心熬制的牛肉面；游泳的时候，可以想到他教她游泳时，总会趁人不备偷偷吻她……如果没有记忆中的那个"他"，她从哪里找幸福呢？虽然当年，她家里的那一位说过，他会让她永远幸福的，可婚姻，历来都只是幸福的坟墓，即便他们的婚姻还不至于像坟墓，但总有生活的重压呀，老夫老妻的谁还没事找幸福呢。

她家里的那一位，是个很精干的小个子男人。年轻的时候甚至谈不上精干，而是出奇的瘦，以至于结婚时去买做礼服的西装，怎么都买不到合身的。小城所有西装店里的西装全都合起伙来捉弄他似的，连最小号的穿在他身上，都哐里哐啷的，看上去像个耍猴的。一气之下，在十一月的深秋季节，他只穿了一件白衬衫并扎条紫红领带当结婚礼服。为了御寒，他在白衬衫里鼓鼓囊囊地穿了件俞兆林牌保暖内衣。事后，她简直不忍看结婚时的照片和 VCD 中那个滑稽的新郎，他那模样简直像在演喜剧片。为此，她还为自己悄悄哭过：真是一朵鲜花插在了牛粪上！那时候，她常常拿家里的那一位和他做比较。对比的结果是，还是他好，他高大、帅气、幽默、温存……哪哪都好，只可惜，认识他的时候，他已经是别人家的那一位了。

渐渐地，她不再频繁地把家里的那一位和他做比较了。因为没那闲心去比较了，她被麻烦事缠上了：已结婚五年，她还没有怀上。家里人都急了，催她去看病。大家都以为是她的问题，早年她宫外孕做过手术的事儿在小城几乎人尽皆知。但实际上，只被切了一侧输卵管无碍生育，倒是他，毛病大着呢。但为了他男子汉的尊严，她一直保守着这个秘密。她之所以这样做，还有一个原因：她对他，始终有感恩之心，是他，给了她稳定的婚姻、体面的生活，如果没有他，在小城里，像她这样因为宫外孕被大学开除的女孩，今后真不知会遭遇生活怎样的蹂躏。她从没问过他，是怎么爱上她的，她能记得的就是，在联通工作的时候，他总到她班上去缴费、查清单。有好事者在她之前看出了他的居心，便悄悄对他说了她的坏话——"上学时搞破鞋被开除的烂货"。当时，就在营业大厅里，他挥拳把好事者的鼻血给打了出来。然后，他冲进柜台，把呆若木鸡的她给拽起来说："这是我女人，你们给我听好了，以后谁敢背后说她半个不字，当心我这拳头！"说着，他挥了挥拳头。她真不知道，他那么瘦小的一副小骨架儿，怎么会有那么大的能量，并且还能对他人有那么大的震慑力。

　　从那天起，她就成了这个比她矮半个头的小个子男人的女朋友。那会儿，他每天驾着一辆白色的太子摩托车，载着她在小城的街道上呼啸而过。一年后，他们结婚，她辞掉工作，在他的家具店里当起了老板娘。

　　手机又在包里震了起来，同时，他从座椅里探出头，有些别扭地冲向她说："梦秋，看手机。"

　　她掏出手机，见微信里，他又陆陆续续发过来不少照片，有翻拍的老照片，还有他自己新近的照片。在她看来，那些老照片完全陌生到勾不起她的任何回忆，而新照片则令她不悦地想到那是他在炫耀。因为有张照片，是他正经八百地坐在主席台上讲话的照片。看照片中横幅上的字，她猜测他是想告诉她，他已经是那所大学的领导了。她所在的小城刚刚建了那所大学的分校，这一次，他就是到分校来，在开学典礼上给新生们训话的——他在她看照片时如旁白般解释道。

　　她合上了手机，没有搭话，也没有在微信里回复他一个字甚至一个表情。那一刻，她对他充满了厌恶。她扭头望着窗外。火车正停靠在一个小站，站台上的乘客全都戴着口罩，让人猜不出口罩后都掩着怎样的面目，就像她时常怀疑，她所看到的世界背后到底隐匿着怎样的真相。

　　见她没有回应，他起身，走到她面前，殷勤地从窗口把已经变冷的白开水递给了她。她接过来，在手里握着，没多会儿，又把那一次性塑料水杯搁在了窗台上。火车启动时，杯中的水微微地晃动着。她透过车窗，看见那些乘客在快速地倒退。她有时候也会在公园里倒退着走，医生说，那样对她的腰椎好。这些年，她已经不记得自己上了多少次手术台。因为那些手术，她接受了无数次椎管内麻醉，害得她腰椎几乎坏透了。这些年，她上手术台的频率就像这一年多以来做核酸检测的频率。她记得有一天在朋友圈看到一个人调侃说，自己自疫情以来，做核酸检测的次数比做爱的次数还要多。她看后惨淡地笑了，心想，这些年，她自己做手术的次数也比做爱的次数要多。

她做了整整十年的试管婴儿手术，见证了这些年以来人工生殖技术的进步。她想起早前没有麻醉技术取卵时的痛苦，那些仅比筷子细一点的长针从下身穿进卵巢，一针针戳向卵泡，再把卵泡吸进针管里。后来去新疆旅游，她看见一个当地的孩子拿了一个向日葵花盘，当那孩子用手抠花盘里的瓜子时，她立马想到自己的卵巢就像那个向日葵花盘似的，被医生用粗长的针管一颗颗抠下瓜子般的卵泡。那些被粗暴地从卵巢剥离下来的卵泡被送到实验室，在人工干预下与精子相配，培养成胚胎，低温冷冻后放在实验室保存。而这时，她又要经受注射黄体酮、做宫腔镜的痛苦，然后再动手术，将可怜的人工胚胎植入体内。十年前，她经历了林林总总形形色色的失败。最接近成功的一次，是她在胚胎移植成功后，连续注射了九十多天黄体酮，屁股被戳成了马蜂窝后，又静卧了两个月，去医院做产前筛查时，发现那个已经会在她肚子里翻身的小东西患有唐氏综合征。

她被破腹拿出了那个只有五个半月大的胎儿。胎儿被处死后，她心如死灰。出院后，她按规矩坐月子，每天吃五顿，每顿饭成盆地吃。月子期满时，她简直肿胀成了球。没有做试管婴儿手术前，她再怎么努力吃，体重都上不了九十五斤，做试管婴儿手术的十年间，她被激素催成了一个一百三十斤的胖子，而坐完月子后，她在一百三十斤的基础上又长了十斤。她站在穿衣镜前，简直不相信那个把睡衣都撑圆的肥女人是自己。她生无可恋，每天脑子里想的都是怎么去死，但她又没有死的勇气，她怕疼。一个痛阈值那么低的人，居然能忍受做试管婴儿手术的痛苦，这是母性的力量，她熟悉的医生说，她简直就是个勇士。

　　月子满期后，她家里的那一位不知从哪儿弄了只泰迪回来。她知道那是他的好心，想让泰迪给她解解闷儿。自从做完剖腹产手术后，她几乎没有说过一句完整的话，只用"嗯""好""不"来回应别人的问话。他觉得她是抑郁了，所以想让泰迪当药来治愈她的抑郁。但她却对泰迪很冷淡，不仅是对泰迪，她对一切都提不起兴趣。后来，有一天，她在客厅的沙发上盘腿坐着，小泰迪衔起她的拖鞋，跳上沙发讨好似的递给她拖鞋，她不知怎的，望着泰迪那黑豆似的小眼睛，突然就哭了，她无端地觉得泰迪就像她肚子里的那个孩子。还有，她家里的那一位告诉她，泰迪的生日是四月二十六日。那不仅是泰迪的生日，也是她第一次测出怀孕的日子啊。很多年过去了，偶尔，她还是会想起他。有时她想，也许，注定她今生命里无子，因为她曾经很郑重地发过誓，说自己今生今世只会做他的女人，只给他生儿育女。

　　她摇了摇头，心想真不该瞎发誓呀。人只是命运的棋子，人生可不是自己想怎样就能怎样的，每一步都充满变数，而且是自己无法摆脱的命数。不过，今天这会儿，她倒是对自己人生的这一场变数感到庆幸，如果没做化疗，现在出现在他眼前的岂不是那个一百四十斤重的狗熊似的大胖子？真那样的话，她是断不会与他相认的。虽然此刻，她的发髻是假的，乳房也是假的，但至少看起来，她还算是美的。女人以瘦为美，女人一白能遮三分丑，瘦和白，此刻她都兼备了。自从做了乳腺癌手术后，她做医美的频率比做化疗的频率还高。她这张光洁的脸，是绣了眉、种了睫毛、做了嫩肤、打过水光针的，甚至，他还听美容师的话，做了个韩式双眼皮手术。如今，她不怕疼，不怕死，只怕不美。

"再有半小时，就到站了。"他站在她身边，望着她说，"你住哪儿？等下有人来接站，咱们一起，先送你回家。"

"呃，不用，谢谢，我老公来接我。"她突然意识到自己眼眶发热，忙掩饰地低下头，假装在包里翻找手机。

"老公，还有半小时就到站了，你别迟到哦！"对面的女孩说。

她翻出手机，点开她家里那一位的微信通话，结果提示忙线中。她感到有些尴尬，当被他看见她的慌乱。她又拨他的电话，电话通了，她听见了气喘吁吁的声音，仿佛还有一只狗在撒娇似的叫，她听出并不是同同的叫声。

女孩又把手机当镜子，捋了捋头发，然后开始自拍。

他等她挂了电话，说："既然你先生有事，还是坐我的车吧。"她边说不用边低头从包里取口罩。他瞥见，从她包口乍现出的病例上写着"中山医院"。他的心被猛地一蛰，他闭上眼，脑海里浮现出三年前，儿子脸色惨白地躺在中山医院病房里的情景。那时，儿子刚考进上海的大学还不到三个月，就发生了意外，救不回来，走了。

他坐回到自己的座位上，她也端坐在自己的位置上。高铁以每小时三百多千米的速度前进，然后，渐渐减速、停靠，然后再启动、加速、前进、停靠——如岁月春秋一般轮回不止。

途　中

　　在高速公路旁暗绿色的护栏上，吴桐看见一只休闲的鸽子，沿着护栏那窄窄的边沿，在散步，或者，是在表演？类似于人类在高空走钢丝的那种表演，除了让观者跟着提心吊胆外，没什么价值。吴桐轻轻地摇下车窗玻璃，将手机对准那只鸽子，拍了个小视频，写上"拥堵的高速公路上，旁若无人的鸽子"的标题，然后将视频发布在自己的抖音账号上。发完，她就放下了手机，觉得自己这番举动挺无聊的，但又能怎样呢？已经堵在这里两个多小时了，她也只能继续无聊地看鸽子。她想，如果自己是只鸽子，有双翅膀，想往哪儿去，飞起就走，而不要像现在这样，开着车，受导航的指控，跑到这该死的高速公路上，被堵在前不着村后不着店的地儿。

　　鸽子来来回回地又走了几趟，最终飞走了，但车还动不了。车动不了，车上的人可以动，前面那辆后备箱带着伤痕的日系小车里，居然下来了五个半人，那半个人是个小婴儿，被一个肥硕的女人抱在臂弯里。对小婴儿来说，那臂弯宽阔得像港湾，足以泊着她安恬地入睡。吴桐笃定那是个女婴，因为她头上有根粉色的绑带。婴儿头上戴那样的绑带，在韩剧里是常见的，明星们也喜欢给自己的小婴儿头上扎上一根，譬如被网友吐槽颜值的韩国明星金喜善的女儿。吴桐记得当年，网上沸腾着骂战，一边是网友恶意地吐槽金喜善女儿的丑陋，从孩子的相貌延伸到对金喜善的攻击，攻击她整容整不了基因，攻击她老公也是整容脸，接着又很离谱地说到她的绯闻。评论区里充斥着恶臭不堪的评论，看罢令人作呕。吴桐对网络的厌恶，就是从那时开始的。后来，她意识到，她之所以那么反感网友对金喜善的诋毁，大约是因为年轻的时候，有人说她长得特像金喜善。为此，她不仅蓄了和金喜善同样的发式，还买了那款金喜善代言的 TCL 蓝宝石翻盖手机。

时间溜得飞快，二十年转眼间便过去了。

二十年前，吴桐大学毕业，回到小城，进了"大院"。所谓"大院"，是县委、县政府和县直机关单位办公所在地，位于小城东南隅，四周被围墙揽住，院里除了交错林立在浓荫里的办公楼，还有幼儿园、大剧院（亦为会议中心）、鱼塘、菜园、家属区、沟渠以及临于其上的亭台轩榭，在小城，"大院"自成一方天地。记得吴桐当年身着一袭白裙，一头乌亮亮的长发披散在肩头，骑一辆红色的"木兰轻骑"牌踏板摩托车，裙角飞扬，长发也随风飘扬。

刚上班那会儿，吴桐家在南门外的别墅区。说是别墅，其实不过是她爸和另外几个单位里的头头脑脑，看准了形势，一起买下了那片地皮，在上头自建了两层半的小楼。开始是十户，两家一栋，盖了五栋带前后院子的小楼。后来，有人看出了门道，也悄悄地找人买地，盖起了别墅，盖着盖着，那一块地就成了小城郊外赫赫有名的别墅区。

"吴桐是别墅区里飞出来的金凤凰哎。"

那天，吴桐在车棚里停好车，往办公楼走的时候，听到身后有人说了这么一句话。她刚想回头跟说话人打个招呼，另一句话就紧跟着射进耳朵里来了："什么金凤凰，迟早有一天，落毛的凤凰不如鸡！"头是回不去了，吴桐只有快步往楼里走。上楼进了自己的办公室，到水房打了一暖瓶开水后，给办公室的刘姐和自己各沏了一杯玫瑰花茶，然后拿抹布擦桌子、擦椅子、擦沙发。吴桐干完这些活儿，又坐下来翻了遍报纸，刚刚被那句莫名其妙的话弄乱的心，才平静了些。吴桐想，自己到单位还不到一个月，单位的人都还没认全呢，怎么倒先成了别人在背后议论的对象了？她有点忐忑。上班之前，她爸告诫过她，在单位要少说话多做事，没事不要串门，更不要在背后议论人，如果听到有人议论他人，也千万不要附和，最好找机会走开。"机关机关，里头是算不尽的机关呐。"她爸感叹了一句。吴桐听了直点头，心想反正自己多做少说就是了。可吴桐没想到，自己低声小语，谦逊谨慎，倒被人捻一撮灰撒在了头上。

那点灰还真不算回事儿。吴桐上班后的第三个月，也就是那一年的国庆节前夕，她爸出事了。"大院"里这事被传得沸沸扬扬，以至于梧桐在厕所里都听到了别人的议论，说是她爸是在省城开会时，被人从会场直接带走的。有一天吴桐加班，走得晚，在走廊上，听到有人在说："你不晓得吧？老吴在北门外养了个小三，儿子都生了俩！"吴桐哭着回到家，见她妈如没事人似的坐在沙发上边看电视边打毛衣，心头迸出了怒火。心里有火，话头就冲。她妈问她吃了没有，她很反常地怼了她妈一句："往哪儿吃去？吃西北风都没有！"她妈放下毛衣，没言语。不一会儿，从厨房端出了一碟煎得焦黄喷香的油馍。

"上你的班，不要操心你爸，他没事。"吴桐妈把油馍端给梧桐，转身说道。

吴桐的眼泪吧嗒吧嗒地掉在油馍上，她就着自己的眼泪，默默吃完了那碟油馍。

正如吴桐妈说的那样，她爸确实没事，只是回来后，换了个工作岗位，退居二线了。

但吴桐却有了事，她不声不响地，怀上了孩子。"大院"里的人懊悔只顾关注老吴，忽略了吴桐这丫头。最早透露吴桐怀孕这消息的，是和吴桐同办公室的刘姐。她在外头说："前几个月，这丫头早上一来，就犯呕干恶心，我看她脸黄得厉害，就觉得哪里不对劲。不过我也没多想，直到昨天，我借着给丫头打了件毛衣的由头，叫她把外套脱了帮我试试大小，她外套一脱，我就看出来了，那肚子，肯定不小于四个月，都显怀了呀！"

"没见她跟什么人来往呀？"

"没听她讲过有对象呢！"

"我跟你们讲，说不定，老吴出来是靠他丫头……"有人神秘兮兮地压低了声音说。

前车亮起了兔子眼似的红灯后，缓缓地往前移动了。吴桐刚要发动车子，后面便传来急促的喇叭声，她皱了皱眉，看了一眼后视镜，后面那辆黑色宝马不耐烦地冲她闪灯鸣喇叭，一秒钟也等不得似的。吴桐不管，她慢条斯理地启动车子，关闭车窗，挂挡起步。车速还没上二十码，前车又停住了。

吴桐刚打开车窗，就被灌了满耳的脏话。旁车的驾驶员，大声飙着国骂，也不知他所骂何人。吴桐听后不悦。一旦骂人的话被她听到耳中，她便有种被侮辱的感觉。这时，一只盘满刺青龙纹的壮硕胳膊伸过来，一把拽开车门，紧接着，就传来一阵哀号。吴桐怕出事，忙关上车窗，但她突然感觉自己被狠狠往前一掷。定定神，她从后视镜里看到，她后面的宝马车主从车上下来，左转右扭地看了看自己的车头后，又看了看她的车尾。她这才反应过来：她的车被追尾了！她忙打开车门下车察看，发现车后保险杠的漆被蹭掉了一大块，露出了之前补漆时打下的腻子。

"咦！你……是吴桐吗？"宝马车主摘掉墨镜，弯下腰，一副哄小孩的温和语气，丝毫不见他开车时的急躁。

吴桐扬起脸看他，没作答，只狐疑地问："你是？"

　　"我是肖大权啊！"宝马车主说着便掏出手机，要加吴桐微信。肖大权？吴桐想不起这个名字。她有些茫然地望着他伸到自己面前的手机，为这桩事故感到不悦。

　　宝马车主似乎窥见了她的心思，说："这点小伤，不值得找保险公司，回头到修理厂喷个漆就好，你这是去省城吧？加个微信，我来发个定位给你，你直接把车开去，其他事都不用管了。"

　　明明是他追了尾，可瞧他这番话说的，好像自己还得担他几分人情似的。吴桐的心里，对这个人的印象很快由不悦升级成厌恶了。这会儿，后面的车喇叭声此起彼伏，前车动了，刚才差点动手打起来的那两位车主也都各自上车，开动起来。吴桐只好打开手机，找出微信二维码，伸到宝马车主面前，车主飞快地扫码，添加了好友。吴桐看了一眼，微信头像是一只戴劳力士表搭在有宝马标识的方向盘上的手。吴桐在心头暗暗嗤之：暴发户！

　　刚刚动起来的车流，因为他们的追尾又梗住了。肖大权说："就先这样？"吴桐皱着眉，冲他摆摆手，坐进了车里。车刚启动，吴桐就听到手机里传来的微信信息声音。吴桐一看，是肖大权，他发来了汽车修理厂的定位和一笔八百八十八元八角八分的转账以及一条十六秒的语音。这些，吴桐统统没有理会。

　　车流缓缓地前行，吴桐的车里飘出王菲的《乘客》，吴桐不由自主地跟着哼唱起来，四分四十秒的歌都哼完后，车子也没跑出一千米。吴桐心想，这速度，连晨跑的记录都打不破。但至少是前进了，哪怕只是"挪动"，吴桐如此劝慰自己。手机传来微信电话的提示音，她忙点开卡在车出风口支架上的手机，看了一眼，沉着脸按下了接听键。

"吴桐，赶紧点接收吧，小意思。咱今天不撞不相逢，你不点了它，咱俩都背运，出门得讲个吉利不是？你看，我特意发的五个八，五连发，多喜庆！"

"先好好开车吧，注意安全。"吴桐不置可否地说完，微信电话便被一通来电冲断了。"谢谢，不需要。"又是银行信用卡部的工作人员打来的，问她需不需要给信用卡的本月账单办理分期。

吴桐礼貌地拒绝却换来对方不依不饶似的质问："分期利率很低，又能方便您资金周转，不好吗？"

吴桐突然来气了："都说了不办分期，我有钱还，你们怎么还老打电话，烦不烦啊！"谁知对方也恼了："有钱就别拿信用卡取现，拽什么拽！"对方怒气冲冲地说完，挂了电话。

吴桐又被莫名其妙地呛了一顿，心想，不对啊，为什么总有人理直气壮地招惹人、指责人、攻击人？而她吴桐就活该倒霉成为被攻击的对象？

"到哪里了？"手机刚一响起，吴桐就意识到，肯定是家人打来的。一看，果然。微笑如涟漪般在吴桐脸上浮现、荡漾开来，她赶忙按了接听键，大声说："我被堵在高速路上啦，别急，等着我哦！"

挂了电话，吴桐脸上的笑意如潮水一般退下了，可留在脸上的那几道纹痕，即便不笑，那也是褪不掉了的。那是二十年来，岁月的手一刀一刀刻上去的，是的，一刀一刀，毫不留情。

车速渐渐提上去了，但吴桐却比刚才开得更着急了。在高速路上，已经连跑带堵度过了快三个小时，她实在有点憋不住了，尤其是看到"前方是服务区"的指示牌后。

十分钟后，吴桐终于在服务区体会到了什么叫作"畅快淋漓"。内急解决后，吴桐才有心情看手机。手机里这会儿已经堆满了信息，那些密密麻麻的红点，如同怪兽张开的血盆大口，永难餍足地吞噬着时间。吴桐是有强迫症的，只要看手机，那些红色的圆点一个不消，她就感到不安。她先是看也不看地直接删掉那些亮红的群消息，然后再删掉美容师、健身教练、美甲店小妹、服装店老板的信息，剩下的红点，就不能任意删除了，至少得瞄一眼甄别一下。就在那一眼之间，吴桐看到肖大权又留了一大串消息：有语音，有留言，甚至还有一个未接通的微信电话，以及，那个转账包。收还是不收？吴桐犹疑不决。这会儿她已经走到了自己车旁，因为急着去洗手间，她将车一头扎在车位上。此刻，受伤的车屁股很刺眼地显在她面前。她果断地点了收款，心想，这钱用于修车也够了，管他肖大权是谁，干脆就删了他得了，有什么必要把他留在微信里，话这样多。

可这个肖大权，不仅话多，反应还快呢！吴桐要删他的手指还没有划拉出去，他的微信电话便如同大喊着"刀下留人"般响了起来。吴桐后悔自己动作慢了一拍。肖大权说，他自己也在服务区，让吴桐不要动，他买了点水果和饮料，马上过来。

吴桐看着肖大权夸张得像只黑猩猩似的甩着膀子走过来，将一盒什锦水果和一瓶咖啡饮品塞给她，她道了声谢，便用遥控器打开了车锁。肖大权仿佛看不出吴桐已做出了要上车离开的架势，用闲来无事的叙旧口吻说："对了，吴局……呃，吴叔和阿姨都好吗？好些年没见着他们了，有空我去看看二老，吴桐，你也不容易……"

"谢谢你，不好意思，家里人还等我回去呢，我先走了。"吴桐非常没有耐心地打断了他，她最恨听人说她不容易，人活在世上，谁容易呀？那些说"你也不容易"的人，到底怀着怎样的心理，她是早就看透了的，没有几个会因为她的"不容易"而发点善心地让她"容易"些，说这话的人，大多数是怀着一种看待弱势群体的优越感，少数人甚至还会因为她的"不容易"而生出歹念。吴桐认为，这世上没什么容易和不容易的，只要自己不觉得自己那是"不容易"，就一切都能挺过去，挺过去后，再回头看看，原来那么"不容易"的事，也能这么"容易"就过去了。

"吴桐呀，你看咱俩这快二十年没见了，一见面就撞上了，这要不是缘分，说起来我都不相信！当年，你是局长千金，我只是个车夫……"肖大权见吴桐打开车门坐进车里，居然毫不见外地也打开副驾驶的车门，将吴桐放在座位上的包往后座上一丢，心安理得地坐了下来。他这一坐，令吴桐生出了无边的厌恶，甚至是恐惧：这肖大权到底是谁？该不是什么骗子吧？好在，这是车水马龙的服务区，而不是荒郊野外。吴桐镇定了一下情绪，正色对肖大权下了逐客令："我还有事，麻烦你下车。"吴桐边说边发动了车子。

吴桐透过车窗，看见快快下车的肖大权挥着手臂，口里还说着什么，她装着没看见，倒车，转弯，绝尘而去。从服务区到高速路的入口处，车辆又排成了长队。吴桐在等待的当口，拿出手机，删了肖大权的微信。删了肖大权之后，她想，以后还要继续删掉一些人，不然，那些毫无意义的红点会在不经意间对自己造成干扰。譬如，前天半夜，她被一条短信吵醒了，是一个陌生人，突然发了条微信，让她帮忙点开一个小程序替他们家二宝投票。这人谁呀？要不是吴桐被吵醒后睡不着，运用她过去学法律时的思维，进行了一番缜密的分析，她都不知道这个潜伏在自己的微信好友里、十年间一言不发的人，居然是儿子奥数班同学的妈妈。她心想，老天，儿子学奥数还是他读小学时的事儿，如今，他已经是大学生了。十年间，这个一言不发的陌生人，一直盘踞在自己的微信好友里。吴桐庆幸，自己从不在朋友圈里发布任何动态。

车子还是不动，吴桐摇下车窗，听到旁边车上有人说："看看看，就是这个女的，一眼看上去就是个狐狸精，真作死，自己犯贱，害死几车人不算，还害我们堵车堵得大着急……"

吴桐关上车窗，她听明白了，这是一场由捉奸引发的车祸，由车祸导致的堵车。据说，某男在高速公路上，意外看见妻子坐在朋友的车上，一怒之下，要追上去质问，结果发生了连环追尾事故，造成了多人伤亡的大型车祸。"网上都爆了！"听了这句话，吴桐关上车窗，点开了抖音，打算搜索一下关于这次堵车的视频。

这时，无数车发出的喇叭声就像池塘里的蛙鸣一般，突然炸开了。吴桐抬头一看，前车挪动了，她忙放下手机，挂前进挡，轻踩油门，跟了上去。

天已经黑了，高速公路上排成长龙的车辆，全都打开了车灯。一盏盏车灯慢悠悠地在高速公路上浮荡着，看上去就像河灯。吴桐为自己突然生出的这个联想感到不安，河灯是浮在河里的荷花灯，很多年前，她爸带着她回老家时见过的。在他们老家，放荷花灯是中元节的传统习俗。她爸说，放荷灯，既能表达对先人的思念，又有将厄运付之东流之说。吴桐还记得，那年，他们放了两盏荷花灯。放灯时，她爸念念有词地说："一盏灯给先人，希望先人护佑吴桐的姻缘不要受他的事情影响；另一盏灯，送厄运，希望自己的对手不要太狠，大不了，自己不求进步，让出位置给他们就是了。"那两盏荷花灯漂着漂着就走岔了，漫漫融进了别人家的灯群中，直到无可分辨。

人也一样，当年，一起走着的人，渐渐地，也被人群冲散，消失在了人海中。吴桐又想到了肖大权。刚才肖大权说了句，当年他是个车夫，吴桐突然想到，当年好像是有个瘦高个子的年轻人到过他们家，给他们家送米送面的，是她爸单位的小车司机，那司机因为勾结社会上的小混混，到大院的鱼塘偷鱼，又到单位偷办公器材，被抓住了。她爸心软，觉得小伙子还年轻，且知错就改，不会影响往后的人生，便出面捞他。结果，这事被他的政敌拿来当作利刃，给了他猝不及防的一击。吴桐想，难不成，那个惹事的小司机就是肖大权？

车速提上来了，再往前行驶了一段路，吴桐看见了前方路段的临时护栏内还停着一辆救援车。不过吴桐无暇细看，过了那个事故发生地，渐渐地，路途通畅了。按照正常的速度，二十分钟后，就能下高速路了，可惜下了高速，正遇到晚高峰。总之，还是一个堵。也许人生来就是找堵的，人活着，所遇之事情，多半是令人堵心的。吴桐摇摇头，一方面是为了活动活动已经僵硬的颈椎，另一方面也是提醒自己别再继续生发这些负面想法。

车到了高速收费站，吴桐如往常一般欲从 ETC 通道过的时候，意外遭拦，卡口屏幕上显示她的卡片过期。吴桐心想，怎么回事？只好倒车，折向人工通道。工作人员告诉她，这张卡已经被注销了。

吴桐的脑袋"嗡"地一炸，她崩溃地伏在方向盘上大声号哭起来，高速路路口的工作人员走到她的车旁，敲她的车窗，她听到了，但仍旧不管不顾地大哭。汽车发出的喇叭声如冲锋枪般密集地在她身后齐放，她还是不管，她什么也不想管了，心想不论多少车多少人在她身后着急上火，自己都管不着！活该倒霉那一群人，凭什么只能任由你们来伤我？现在轮到我了，我也能凭一己之力给你们制造点麻烦！吴桐不哭了，她想到这儿就哭不出来了，她抬起头，甩了甩粘在脸上的头发，鼻涕和眼泪糊了一脸，弄得头发和方向盘也都湿漉漉的。纸巾盒就在手边，吴桐也不抽点纸出来擦一擦，她只按下了车窗，伸出头冲窗外狠狠地骂了句脏话，接着又吼道："吵什么吵？都急着去送死呀！"工作人员首先不乐意了，让她付了通行费，告诉她抓紧离开，不然将造成路口拥堵。

"堵就堵，堵死才好！"吴桐又关上了车窗，挑衅似的打开手机，刷起抖音。抖音里，有人在她刚发的视频下留言，说她是什么眼神，连斑鸠和鸽子都分不清。她在那条留言下回复："去死吧你！"

"吴桐，到哪儿了？你爸他，快不行了……"

吴桐的车门被拉开的时候，她的手正点开这条语音。高速路路口的工作人员旋即替她关上车门，拦截她的横杆升了起来，她从横杆下穿过去，奔向了二十年前的"大院"。

"什么金凤凰，迟早有一天，落毛的凤凰不如鸡！"吴桐听了这话，迎头走上前去，看清了那是从一个矮小干瘦的女人口中吐出的话，她接上话茬就说："落毛的凤凰也是凤凰，长毛的鸡也还是鸡，请问你是哪窝的鸡呀？"女人低着头，快步溜走了。吴桐却不肯罢休，敞开嗓门道："小心脚下，别踩着鸡屎，瞧你，都够臭的了！"

吴桐说完，转身上了楼。办公室的门虚掩着，吴桐听到刘姐压低了声音，不知在对谁说："她外套一脱，我就看出来那肚子，肯定不小于四个月了，都显怀了呀！"

　　吴桐狠狠地把门踢开了，她掀起自己的衣角，露出了平坦的小腹，她像模特似的，在办公室里转了一圈，冲着刘姐和另外三个外单位的女人大声说："来来来，给你们看，你们哪只眼睛看到我肚子大了？"

　　众人纷纷作鸟兽散。

　　吴桐把刘姐办公桌上还没收针的毛衣扔在了地上，并重重地踩了几脚。

　　她跑下楼，穿过开满桂花的树林子，绕着鱼塘，往她爸的单位跑去。"老吴在北门外养了个小三，儿子都生了俩！"刚到楼下，吴桐就听见这句话，她没好气地说："你们有没有良心？我爸那是养小三吗？你们难道不知道那是我爸心善，资助了水泥厂的下岗工人家就要辍学的双胞胎儿子吗？人还是你们帮着联系的，说什么'结对帮扶'！"说完，吴桐就往她爸办公室跑去，她爸的办公室门锁着，她狠狠地捶门，这时从旁边的办公室里出来一个人，告诉她，她爸去省里开会呢。她对那人不理不睬，继续捶门喊爸。

　　警察来了，拦住了她，让她提供驾照和行驶证，并让她对一根长管吹气。她泪眼迷蒙，但都照做了。警察见她神情恍惚，递罚单给她的时候，并未指责她，而是柔声问她："发生了什么事吗？"

　　那么轻柔熨帖的语气，吴桐一听，便溃不成军了。她说，她爸没了，她爸被人害死了，她也被人害得快死了。警察没有走开，听她一边呜呜地哭一边倾诉。二十年来，她一直是时时为他人着想，但生活却没有给她顺境。也许，那不是生活的错，而是她自己的错，她从未想过即使纠错，哪怕是别人的错，也不能顺着那错走下去。

晚高峰的路上，车流汹涌。吴桐擦了擦眼泪，继续赶路。

云朵的天空

一

视频会议室内，云朵正襟危坐在主席台上，正发着言呢，搁在麦旁的手机却震了起来。它一震，麦就发出了刺耳的噪声，云朵装作不经意地将眼神从发言稿上移了几寸，瞄向手机，只见屏幕上正显示着陌生号码的来电提示。她佯装喝水，端起杯子抿了一口水，放杯子时顺手把来电挂了。谁料，电话刚一挂，就又震了起来，还是那个号码，再挂，再震，一直震个不停。震得念讲话稿的云朵都有点心不在焉了。云朵终于念完了那叠讲话稿，关了麦。主持人讲了几句什么后，会场下传来一阵稀疏的掌声，云朵微微起身，对着会场观众躬了躬身子，算是答谢与回应。每月总有几回，云朵要端坐在主席台上，说些旁人撰写的套话，然后枯坐在主席台上，脑中一片混沌地等着台上别人的发言完毕，然后与他们一同起立，走下台。在台上端坐的时光，就像看一部没有译文的外国原声电影，冗长乃至漫长得无边无际。云朵觉得那个过程很累，所以每次走下台后，她都会用力地做几个深呼吸，趁人不备时，懈下那股劲儿，耸耸肩，抻抻颈。如果散会后能立即回办公室，云朵甚至会脱掉高跟鞋，光着脚踏在办公桌下的一个蒲团上，那个藏在办公桌下的蒲团于她，是个有着私密快乐的小道具，就像小时候，她在文具盒的夹层里放一张透明的糖果纸，一个人的时候，就把那张玻璃纸拿出来，放在眼睛前，透过它看天空，隔了一层糖纸的天空，模糊而多彩，令她有了更多想象的空间。那时候，她会陷入漫无边际的想象中，幻想着自己现在不是在寿州的小巷子里，而是在北京、上海、巴黎这类大城市，还可以想象着自己是在白雪公主和七个小矮人生活的大森林中……如今，在办公室里，她一脸严肃地处理文件时，谁能想到办公桌肚下面会有一双自由自在的脚，像小猫小狗似的在蒲团上滚来滚去呢？

云朵刚把脚伸在蒲团上来回蹭了几下，桌上的电话便响了。云朵收回腿，把塌下来的肩收平，捋了捋耷拉在额头的那绺头发，这才伸手去拿起话筒："喂，什么？唔，行，我马上过来。"放下电话，云朵立即起身——方才接电话的时候，她已经条件反射性地穿上了鞋子，听到办公室门在身后发出"砰"的一声，云朵有些不悦地皱了皱眉，想：哪里来的这股妖风？云朵往窗外瞄了一眼，天静得像无波无澜的湖面，倒不像有风的样子。没有妖风，就是有邪事——云朵发现自己不知从什么时候起，变得有点唯心主义了。这不好，她对自己说。

推开一楼的接待室的门，云朵看见她缩在一张木沙发里，样子像一堆没好生叠的旧毯子似的。见到云朵，她迟疑了一下，按着沙发的扶手，颤巍巍地端起了半个身子。云朵冲她摆摆手说："坐，坐！"说着，自己在她对面的沙发上坐了下来。

"我不走，死都不走！"毯子形的"旧人"发出"刺啦刺啦"拉锯般的声音。

云朵握紧双手，朝前探了探身子，带着耳语般私密的口吻对"毯形人"说："不要闹了，好生过日子吧，你天天这样纠结着，若身体弄坏了，没人替你啊。"

"你也晓得我身体都怄坏了，不是我想找气怄啊，你想想，我俩一个风不打头雨不打脸地坐在屋里头到月就有几千块钱，另一个土里刨食风里来雨里去靠卖菜换点毛票子，这日子过得能一样吗？""毯形人"说着说着便倒在沙发上，一边滚动一边哭嚎着。云朵愤怒地站起身，快步走出接待室。

院子里的水杉林将炽烈的阳光遮蔽了，云朵踏着日光透过林梢筛向地面的一个个金色光斑，往院子左侧的公共厕所走去。刚才，当她感觉到身子底下"轰"地一热，心里就明白，坏了，"老朋友"又突然造访了。到厕所一看，果然，内裤都被浸透了，若不是穿了黑裙子，就又要出丑了。云朵蹲在那里，小心地从裙子侧兜里掏出手机，她又要打电话给党政办的小姑娘，请她送卫生巾过来。手机掏出来后，云朵懵了：怎么会有这么多的未接电话？刚才开会时因为那个锲而不舍打来的陌生电话，她将手机调至静音状态，结果会后忘了给调回来，居然一会儿工夫就来了这么多电话，云朵顾不得一一回拨，现在要紧的是让人送卫生巾！她给党政办的姑娘打了求助电话后，姑娘迅速把卫生巾送了过来。云朵整理好衣裙，洗了手，从厕所快步往会客室走去。边走，她边回拨未接电话。第一个电话，无人接听；第二个电话，是县疫防办通知她参会的；第三个电话，是孩子老师打的，告诉她，楚凌今天没有上学。挂了这个电话后，她就顾不上回拨其他未接电话了，赶紧给孩子打电话，电话无人接听。

云朵刚走到接待室门外就听到"毯形人"哇哇的哭声，那哭声令她的心头立马蹿出了火苗。"你回去吧，我马上要到县城开会。"云朵竭力压抑着火气，走到"毯形人"身边，放低音量对她说。

"我不走，除非你答应我，帮你外甥女把工作给安排好。""毯形人"从沙发上探出头来，又补了一句，"就当补偿我了。"那张上仰的脸上，沟壑横生，涕泪交融。云朵不忍直面那张脸，那张和她曾相似到几乎无法分辨的脸，如今竟被时光的魔爪给撕扯成了这个样子。

"随便你，我走了！"云朵抛下这句话，扭头就走。她边走边对跟在她身旁的党政办的姑娘低语，然后快步走向停在林荫里的公车，车子刚一发动，"毯形人"便如子弹般弹了出来，一头撞到了车子上。

镇政府大院瞬间沸腾了。

云朵下车，扶起撞得满脸是血的"毯形人"，望着她脸上那抹充满嘲弄的笑意，那笑容真是很丑很邪恶，令人看了犯恶心。怎么会有这样的人？看不得人好，看不得自己孪生的姐妹好！真是有病啊，云朵恨恨地想，她突然很理解那些杀人犯，为什么就能那么狠心地对自己人下手，如果不加以克制，云朵觉得她都有可能成为杀人犯，此刻，她第一个想杀的人就是她——这个瘫软在她臂弯里、名叫"周大花"的坏女人，亦为她一母同胞的姐姐。她知道这个女人也恨她，都说什么"血浓于水"，可有时候，亲情往往会被现实稀释得寡淡如水。现实，现实又是什么呢？是没有休止的物欲与攀比心。

云朵这种对亲情的消极认知，是从两年前开始的。两年前，她从县直机关来到这个偏远的乡镇任职，刚到这儿不久，就有一波波村民找上门来认亲。她都不知道这些叔叔大爷们是通过什么途径知道她的身份与出身的。云朵清楚地记得，当初来认亲的人中，并没有她，而在那时候，云朵是有点希望她出现的。她向那帮亲戚们打听："大花嫁到哪儿去了？""没嫁出去，招了个上门女婿。"一个叔叔辈的村民回答。问出这话没多久，她就出现了。

镇里移民迁建，云朵去了村里，车子在水蛇般蜿蜒的通水泥路上行驶，七拐八转地驶进了那个老郢子。云朵他们镇的人都管村子叫"郢子"，郢都的郢，这称呼可是有出处的。别看寿州如今只是个小县城，往前追溯到楚国那会儿，寿州可是楚国的都城，郢子的称谓便源自寿州城那"祖上也曾阔过"的历史。云朵就是从这个老郢子里走出去的，她六七岁时便被送到了城里，成了城里大伯大妈的女儿，他们让她改口喊爸妈，她在城里的新家哭了几场后，渐渐被一些在郢子不曾见过、吃过与玩过的稀罕物打动，不知不觉就改了口，冲着大伯和大妈脆生生地喊起了"爸、妈"。后来，她在那个位于寿州城西北隅的小巷深处的家里长大、读书、工作、出嫁，理所当然地成了城里姑娘的云朵，渐渐淡漠了郢子里的家，和住在那三间漏风漏雨的砖瓦房里的爸妈、哥哥和大花。

车停在郢子外的水泥路上，再往里便没有可供行车的路了。云朵下车，小心地踩着高跟鞋，踏在用碎砖和石子铺就的坑洼不平的小路上，那路通向一栋简陋的二层小楼。村干部率先去推开了那户人家的大门，门开了，只见一个瘦成影子似的女人正坐在院子里洗菠菜，菠菜染绿了半个院子，她的手泛着死鱼肚的白，在水池子里翻来覆去地淘洗菠菜。

"大花，你看谁来了！"村干部对着院子里洗菜的女人说。女人猛地起身，狠劲地甩了甩手上的水，一把拉住云朵，还没说话，眼泪就涌了出来："小朵，真是你哇！"

云朵有点不知所措，"小朵"这个名字从记忆里被猛地拽出来，令她的心骤地疼了一下。她恍惚了会儿：如果不去城里，就不会在上学时被大伯改名叫"云朵"，她现在就还叫"周小朵"，那么坐在水池子旁洗菠菜的人会不会就是她？

二

云朵感觉到手机在胯上振动起来，旋即，铃声响了，但她正支起臂弯撑着额头渗血的周大花，压根儿无暇抽出一只手从裙子口袋里往外掏手机。手机耐心地响了许久，终于静了下来。这时过来了几个镇里的干部，只见两个年轻的小伙子走过来，将周大花从云朵臂弯里架过去，镇卫生院的救护车在说话间也到了跟前，他们把额头渗血的周大花给搀上了车。见救护车开走了，云朵长长地吁了一口气，手机再次响起时，她迅速从口袋里掏出手机，接了电话。

"你好，我是周云朵。对，我是楚凌的妈妈。啊？您哪位？好，我马上到。"云朵挂了电话后立即给书记打电话，说疫防办通知的会议请分管的党委委员参加，她刚接到刑警队的电话，让她马上去一趟公安局。说话间，车子就载着云朵朝高速路口奔去。

云朵坐在副驾驶的位置上，一手攥着手机，一手撑着车前储物盒的边沿，仿佛她的推力能让车跑得更快些。她双眼紧盯着前方，脚掌暗暗地使着劲儿，要是此刻换了她是驾驶员，那脚力踩下油门，估计车速得飙到一百五六十迈。她心急如焚，脑子里熬成了一锅糨糊，方才警察的话，她不敢细想，但那些话又不停地在脑中回响。

从镇上到县城的那一个小时车程，简直比云朵度过的小半生还要漫长。终于到了目的地，将车子泊好后，云朵却已浑身瘫软，拉不动车门了。驾驶员跑下来，替她打开车门，她挣扎了好几次，才把脚从车上移到了地上，趔趄了好几步，终于稳住脚步，踏过台阶，穿过门厅，被人引进了一楼的一间办公室。

"楚凌怎么了？"云朵听到自己的声音远远地飘了过来，这仿佛不是她自己在说话，而是另一个渺远之地的人在隔空喊话。

"周镇长，我是刑警大队的沈力，希望你能冷静地接受这个事实，我们也感到很遗憾很难过……"

"到底发生了什么事？楚凌和同学打架了？伤到人了？"云朵边问边望着坐在她对面的中年警官，大名鼎鼎的刑警大队长沈力。这位沈大队，是小城有名的神探。此刻，这个重量级的人物竟出现在自己面前，看来楚凌犯下的事情不会小，云朵想。

一位年轻的女警官端了杯沏在一次性纸杯里的茶走进来，将茶轻轻放在云朵面前的桌子上，沈大队没回话，只指着茶对云朵说："先喝口水。"

云朵服从命令似的端起纸杯，也顾不得先试茶温，直接就猛喝了一口，水很烫，她被那灼人的烫一蛰，反而清醒了几分。"不是楚凌他自己怎么了吧？"她问。

沈大队被云朵的这一句问，激得从座位上站了起来，他走到窗口，从口袋里掏出一包烟，一只手掐着烟盒，另一只手从烟盒里捏出一支烟来。云朵望着那支烟在他手指间荡来荡去，左等右等也不见他进行下一步点火、吸烟的动作。云朵急了，也立起身，喊了一声："沈大队！"

"孩子没了。"沈大队顿时颓下来，低着头望向自己那没有点燃的烟说。然后，他又重新走到座位旁，坐下去，把烟搁在了桌上，望着云朵，"请坐！坐下来，我跟你说。"

云朵顿觉自己的世界天旋地转，云朵扶着桌子把自己顺靠到了椅子上，"孩——子——没——了"，这四个字音虽听进去了，但云朵突然搞不明白，这四个字到底是什么意思。孩子，没了？谁的孩子，怎么没了？不懂，不明白，怎么回事呢？她愣怔在那里，脑海里布满了问号。

沈大队起身走到她身旁，轻轻拍了拍她的肩，说："周镇长，你先坐下。"云朵的身子晃悠了几下，终于还是坐到了椅子上，一坐到椅子上，她就端住了肩，想以在主席台上的端庄姿态坐在那里，但她失败了，就在屁股几乎要挨到椅子的那一刻，她突然弓起背，捂住脸，号啕大哭起来："孩子没了，孩子没了，孩子没了……"云朵突然明白过来，她心想，既然是跟她说"孩子没了"，这个"孩子"当然是指她的孩子楚凌，"孩子没了"意思就是楚凌没了？楚凌要是没了，她周云朵还活个什么劲儿呢？

哭声戛然而止，云朵抬起头，把一张涕泪交流的脸呈现在沈大队面前，沈大队从桌上的纸巾盒里连抽了几张抽纸递给云朵。云朵接过来，狠狠地抹了抹脸，然后用那双眼神凌厉的眼睛望向沈大队，说："楚凌现在在哪儿？他怎么没的，你们知道吗？"

"今天早上七点三十五分，'110'接到报警，说楚都小区的地下车库有人自缢。派出所出警后发现，车库的梁上吊着一个人，浑身被硬包装带捆绑着，蜷成一团，人放下来后已经没有生命体征了。不过警察还是把人送到医院抢救了。现在人在医院的太平间。我们从事故现场发现了一个书包，书包里的校园卡上写着他的名字，一查就知道，他是你家楚凌……"

"你说，他是被吊在车库身亡的，那你们有没有调监控看看，到底谁是凶手？"云朵没有哭，嗓音硬生生地说道。

"那位置是监控死角。"沈大队叹了口气说。

"请你们尽快抓到凶手！现在，我可以去看孩子了吗？"云朵说着立起身。

沈大队朝云朵点点头，吩咐办公室里的一位警官陪同云朵去医院。

云朵钻进了警车，那一刻，她想起了十二年前，那个冷得几乎要冻掉鼻子的冬夜，她也是这样钻进警车，被警察带着，去看长眠不醒的楚云天。十二年过去了，旧幕重现，云朵在心里对那个永远年轻的楚云天说：今天又临到你儿子了。你们都是狠心人，说抛就抛下我了！现在，你们爷儿俩见面了，可我今后怎么办？想到这儿，云朵的泪滚滚而落。

车子停了下来。车门被从外面拉开，一股热浪扑面而来，云朵被炫目的阳光刺得一阵眩晕，她立马闭上眼，扶着车身，免得自己像当年听到楚云天的噩耗时那样，一头栽倒在地。

三

五天后，瘦了一圈的云朵回到了镇里。打开办公室的门，她一眼看见办公桌上那张楚凌还是个胖小子时的照片。那年他六岁，在上幼儿园大班，那会儿楚云天还没出事，这张照片就是云天用新买的相机给儿子拍的。云天爱摄影、爱养兰、爱做饭、爱运动，是个十足的生活家。云朵说他是纨绔子弟时，他总笑而不语，他性子绵，脾气好，婚后的十年间，他们不曾拌过嘴、红过脸。在楚云天没出事的时候，云朵自己都羡慕自己的生活：父母身体健康，公婆和善可亲，老公敦厚善良，儿子聪明可爱——多和美的一家人啊。

云朵颓然地坐到座椅上，相框被她从办公桌上拿过来，眼泪啪嗒啪嗒打在相框的外层玻璃上。她把眼泪抹掉，将照片上那个抱着一只玩具熊的憨小子紧紧贴在胸口上。

敲门声响起。

"请进！"她迅速把相框翻扣在办公桌上，从抽纸盒里拽了张纸揩了揩脸，大声说道。

门被推开了，是党政办的小姑娘，小姑娘走近了说："周镇长，周大花又来了，她非要见你。"

"知道了。"云朵起身，跟着小姑娘一起下楼去接待室。

接待室的门一开，一个身影像弹簧似的人从沙发上站了起来。云朵看见那个穿碎花连衣裙的纤瘦姑娘，那瓜子脸上的细眉细眼，看着很眼熟。

周大花蜷在沙发上吩咐那姑娘："快，喊二姨，她就是你小朵姨，你姥姥、你姥爷常和你说的，被俺们家送到城里的那个二姨。"

"二姨好！"碎花裙姑娘有些羞赧地低声道。

云朵愣在门口，没吱声。还是党政办的小姑娘机灵，端了杯茶，递给神情有点尴尬杵在那儿的碎花裙姑娘，说："请坐吧。"

云朵这才魂魄归体般回过神来：哦，面前这位叫自己二姨的碎花裙姑娘，就是周大花的女儿——她应该就是之前大花请她帮忙安排工作的那个所谓的"外甥女"。云朵感到自己的心骤地一沉，难怪第一眼看见她就觉得眼熟，因为这姑娘简直就和大学毕业时的自己一模一样啊。云朵坐下来，望着碎花裙姑娘心中默想。

"丫头叫什么名字？"云朵问。

周大花和碎花裙姑娘异口同声地答道："周薇朵。"

"周薇朵，这名字好。什么学校毕业的？"云朵琢磨着姑娘名字里的那个"朵"字，暗想，是不是周大花给这孩子取名时，还想着自己有个叫"小朵"的妹妹。

"医学院护理大专毕业的，已经考了证，之前在省城打工，听说县医院在招人，我报了名，参加了考试，笔试都过了。"薇朵用字正腔圆的普通话说道。

"那很好啊——"

"听人家讲，面试就比谁家里有后台了！她二姨，俺们家就出了你一个当官的，俺们就指望你了！"周大花不待云朵说完，就探着脑袋朝她说道。云朵看见她的额头，有五天前的那次撞车事件留下的伤痕，一道弯曲如半月的紫色瘢痕。

"麻烦二姨了！"薇朵站起身对云朵深深地鞠了一躬，见云朵冲她摆摆手，她才缓缓坐回到她妈妈身边。

"大花，拆迁的事你想好没有？赶紧搬吧，老郢子都没人了，你住那里晚上不怕么？"

"让我搬走也行，不过我有几个条件：一要给我找地方住，我卖菜，要得找一处带院子的房子，我那三轮车和菜都没场子放可不行；二要在两年之内还我一套跟我郢子里的家一般大的房子，不需要我再补差价；三要给我家薇朵把工作安排在县医院。三条都答应，我立马搬，不然，别说你是我妹妹，就是天王老子来，我也宁死都不搬。"周大花说完，斜着眼望着云朵。

云朵的眼睛也一眨不眨地望着周大花，过了半晌，她才说话："你真是被惯坏了！什么都得由着你，没这么多好事吧？"说罢，她起身，甩门而去。

四

终于捱完了公务繁忙的一天。晚上回到宿舍，云朵看时间才刚过八点，便给沈大队打电话，询问楚凌案件的侦查进展，可沈大队的电话无人接听。

云朵在想，到底会是谁要害一个十九岁的孩子？而且用那么残忍的方式，那拇指宽的扁硬的包装带，是用来捆绑纸箱、木箱的，谁这么狠心，用这么硬撅撅的带子去捆绑活人，那带子捆在孩子没受过屈的皮肉上，肯定硌得他生疼……

沈大队的电话打断了云朵痛苦的联想，但他的话却又像小攮子似的，戳得她满心都是血窟窿，挂了电话，她似乎能感觉到自己的心在汩汩地往外涌着血，心痛得她都想尖叫了："怎么可能？不会的！"挂电话时，她对沈大队咆哮道。

沈大队让她冷静，请她明天回家一趟，他们再去孩子房间看看。

云朵痛苦地将手机扔到了床上，然后坐在写字台旁的椅子上，双臂平撑在桌面上，把头埋进肘弯里，发出母兽护崽般的呜咽声。

"云朵，快看住宝宝，他要往水里走，拽住他，快！"云朵惊醒了。在她方才的梦里，楚云天大声喊着，让她留意楚凌，而楚凌在她的梦里只是一个模糊的影子，矮墩墩的一个婴孩的背影，朝着无边无际的水面蹒跚走去。

惊醒后，云朵久久不肯动，她多希望梦是现实。可惜，她无法躲进梦里。

就那么捱了会儿，云朵抬起头，她感觉脖颈僵了，胳膊麻了，活动了好一会儿才站起身，从床上拿过手机一看，已经是午夜十二点了。这一觉，居然睡了三个多小时，这是楚凌出事后她睡得最久的一觉。

云朵打开简易衣柜，从里面取出换洗衣服，拿了洗漱包，出门，到走廊东边的浴室去洗澡。云朵所住的宿舍，是位于一栋建于二十世纪九十年代末的小楼二楼西侧的一间。这栋小楼过去是镇政府"七站八所"中土管所的办公楼，如今，它被改造成了镇政府的职工宿舍楼。一楼是男生宿舍，二楼是女生宿舍，每层楼有间可供淋浴的简易浴室。云朵洗澡时，透过浴室的窗，看见了悬在夜空的月亮，那弯眉似的月牙儿，孤零零地挂在邈远的天幕上。云朵望着它，眼泪又由不得自己地淌了下来。

莲蓬头喷射的水流并不能冲刷云朵的眼泪，那月牙儿像枚鱼钩似的将往事从回忆里钓了出来。她想起楚凌出生的那天，十九年前的农历七月十五日夜，老寿州人把那天叫做"鬼节"。老人对那天是有忌讳的，那一天有许多规矩，譬如，不能顺便到旁人家去串门、天黑了不能出门——免得撞见鬼。不过，人都是很双标的，原本有很多忌讳的楚家老人和周家老人，见家里添了个大孙子，都欢喜得不知道该怎么好了，谁还在乎什么七月半鬼节呢。出院时，云朵从婆婆手里接到孩子的出生证，看到出生证上的"出生日期"一栏，写着二〇〇二年八月二十四日。婆婆冲她眨眨眼睛，然后伏在她耳边说："以后对外面，就说宝是农历七月十六日生的，开证时，我找人把宝宝的出生日期往后推了一天，病历上的孩子落地的时间也往后推了半小时，我对他们说，宝是夜里十一点半生的，要不是你生得快，再捱半小时不就是新的一天了么。他们都觉得我说得在理，就听了我的话，给宝改了生日。这事对外头都不要讲，对宝也不要讲，俺大宝就是七月十六——阳历八月二十四日生的，记住了啊！"十九年前的那一幕幕场景，就像发生在眼前似的，只是，一心想给孙子改命的婆婆，和不知道自己真实生日的儿子，都走了。不知在另一个世界，祖孙俩能不能相遇，相遇后，奶奶会不会向孙子揭秘真相。

云朵觉得自己就像夜空中的那月牙儿似的，孤零零，冷清清。怎么就把当初连自己都羡慕的日子过成了今天这个样子呢？云朵真希望时间能像楚凌爱看的那些科幻小说里说的那样，有个弧度，能够折叠。若是那样，她就还有希望乘坐一种特殊飞行器，回到过去，与楚凌、楚云天、公公和婆婆重逢。如果能重逢，她一定会倍加珍惜他们的家庭生活，而不是一心扑在工作上，工作算个什么啊？就算被提拔成更大的领导又怎样？家都没了，喜都没人分享，还要这些荣誉与荣耀有何用？

就像一切都有终结，云朵发现，泪也有流完的时候。当莲蓬头里喷洒的水流变凉的时候，云朵才关上水，擦脸、擦头发、擦身体、穿衣服。穿好衣服，走到洗手台前准备洗衣服时，她一抬头，撞见了镜子里的自己——那个眼窝凹陷的女人，眼眶里居然没有一丝泪光，明明心很疼，明明在哭泣，可就是没有泪。她感觉仿佛撞见了鬼，忙低下头，不再看镜子里的那个"鬼"。她心里狐疑着，明明刚才还在莲蓬头底下泪流满面，难不成，那并不是自己的眼泪，而是从莲蓬头流泻下的溅在脸上的水珠？最近，云朵对一切都充满怀疑，她甚至怀疑楚凌没了的这件事也不是真的。她觉得一切都是梦境，只是楚凌没了的这个梦有点长，她魇住了，醒不过来。

衣服洗好后，云朵把它们晾在浴室窗外的晾衣杆上。月牙儿还挂在窗口，云朵走了它也不走。云朵又回头看了它一眼，她是想确认一下，自己是否真的看到了月牙儿。

真的。真的么？

五

云朵几乎一夜未眠，她躺在床上刷手机一直刷到天蒙蒙亮。为了和月牙儿做伴，她没有拉窗帘，月牙儿在窗口挂了一时，然后也倦了般隐去了。不过，没多久，天光就泻了浓雾一般的白。云朵放下手机，起身换好衣裳，然后轻轻地开门，悄悄地下楼，走到前院停车场内自己的小车旁，打开车门，启动，倒车，把车开到大门口，然后下车，敲敲门卫室的窗户，让值班的人打开门禁。睡眼惺忪的值班人被这么早就要出门的镇长吓了一跳，他用遥控器打开大门时，正要说句什么，发现镇长已经摇上了车窗，驾车而去。

她要回家，要赶在与沈大队约定的时间之前，把家里的旮旮旯旯好好搜一搜。昨晚，沈大队在电话里问，是否发现楚凌有什么异常。云朵真没发现儿子有什么异常，儿子高考后，云朵问他考得怎样，他答了句考得一般，就再也不提了。云朵真不知沈大队说的"异常"体现在哪儿。不过，可能也是因为她忙，而忽略了孩子，云朵回想，自从儿子高考结束后，她也就没怎么顾上他了。她每周回家一趟，来去都匆匆忙忙的，也不知孩子到底在干些什么。现在，她想多了解他点儿，也晚了。

云朵在车库泊好车时，刚刚六点钟。她下车后，特意走到楚凌出事的那个位置，那附近的车位都空着，云朵转了一圈，感到快窒息了，忙往电梯口走。打开家门的那一瞬，浮尘在光线里如群魔乱舞，她甩掉高跟鞋，径直进了楚凌的房间，把自己摔进孩子的榻榻米上。

八点五分，云朵打开家门，沈大队正巧立在门外，见云朵猛地开门，他没有客套寒暄，直接问："门口有监控？"问罢，朝门楣上方扫视了一番，又自言自语道："我记得没有呀。"

"没有。是我感觉沈大队快到了，过来开的门。"云朵做了个"请"的手势，鼻音浓重地说道。

沈大队和身后的两名警察在门口要穿鞋套时，云朵摆摆手说不用，他们才进了门。三人直接进了孩子的房间，写字台、衣橱、书柜、床头柜被翻了个遍，甚至床脚下的一个纸团他们都没有放过，打开一看，发现那是团擦拭秽物的抽纸。两位年轻的警察面面相觑，沈大队却吩咐他们："把床板抬起来。"抬起了榻榻米的面板，沈大队从榻榻米的箱体里面一个装满书本的纸箱内拎出一条绳来，问云朵："你知道楚凌有什么特别的嗜好吗？"

"嗜好？"云朵狐惑地摇了摇头。

"他有没有手机？"沈大队问。

"有，高考后我给他买了新手机，但有密码，我打不开。"

"拿给我们试试。"沈大队说。

云朵把手机递给沈大队，沈大队又把它递给了瘦高个儿的年轻警察。没想到，手机在小警察的手中被捣鼓了几下就打开了。沈大队接过开了锁的手机，看了看，问云朵："他有没有女朋友？"

云朵茫然地摇了摇头。

沈大队把手机递给云朵，云朵看到在楚凌的微信通讯录里，有个备注名为"Baby"的头像，是个看上去很清纯的女孩儿的背影，那背影沐着阳光，看上去青春又唯美。云朵凑过去，意要点开那女孩的朋友圈。"对方已经拉黑他了。"沈大队说。

"你是说他感情受挫想不开？"

"我什么也没说，只是希望你能提供更多关于他的细节，譬如，他有没有什么特别的嗜好。"

云朵感觉脸颊和下身同时轰的一热，她说了声"对不起，我去下卫生间"，就钻进了卫生间，换内衣时，她看了一眼卫生间的纸篓，那里有她一早回家从楚凌房间里搜出的丝袜。

沈大队问孩子有什么嗜好，她没有说，她总感觉自己这些年欠了孩子太多，陪伴不够，关心不足。她第一次发现孩子的秘密是在五年前，她发现自己的丝袜总是无故失踪，有次她无意中在孩子的榻榻米上发现了被拧成麻花状的丝袜。她问孩子怎么回事，他低下头不肯说。她当时想，可能是孩子正值青春期，萌生了对女性的欲望，不是新闻里经常曝出女性内衣被偷窃的事情吗？好在，她从没发现自己的胸罩与内裤失踪过。这两年，她索性不穿丝袜了，所以也就不存在丝袜失窃的事儿发生在她身上了。但一夜未眠的她突然想到，孩子会不会偷或者买丝袜呢？她慌忙赶回家，抢在沈大队抵达之前，把孩子的房间里里外外搜查了一通，果然，搜出了几条丝袜。但她想，帮孩子保守这个秘密吧，免得将来谁一不小心将此事传出去，让他成为小城里的一个话柄。小县城就是这样，但凡有点什么新奇的事，多少年都会在口口相传中挥之不去。再说，孩子的爷爷当年还是小城里有头有脸的人物，本来孩子缢死在车库的事已成了新闻，如果再加上孩子偷藏女性丝袜这件事，那孩子不就成了全县城的话题人物了吗？那真是把家里几辈子人的脸都丢尽了。云朵不想那样。

　　云朵从卫生间出来时，沈大队和两位小警察正在研究从楚凌榻榻米上找到的绳子。那是用一次性口罩上套耳朵的小松紧带一根根接起来的绳子，足足接了三米长。沈大队和两位小警察在一起讨论接完这根绳子得用多少口罩、得费多少时间。

　　云朵默默地听着他们的对话，感觉心如被凌迟了一般。他们说，这绳子的打结方式与楚凌尸体上包装袋的打结方式相同。一个警察说："没什么好怀疑的了，他这是窒息捆绑，是一种变态心理造成的。"

　　云朵听到"变态"二字，立马就激动起来了，她说："你们不要血口喷人！找不到凶手破不了案也不能往我孩子身上泼粪！你们不是查到一个什么女的吗？为什么我孩子把她备注得那么亲昵，她却把我孩子拉黑了，你们该查查这个！说不定是什么情杀呢！沈大队，你以前不就破过一个情杀的案子吗？"

　　"放心，我们会查的，再见。"沈大队说罢，把绳子交给一个瘦高个儿的警察后，就开门往外走，走到门口，他回过头对云朵说，"周镇长，楚凌的手机我们得先带走。"

云朵愣愣地点了点头，看着他们带门而去。

六

"什么？行，你告诉她，我马上就到，让她等着。"云朵刚把车开上了高速公路，党政办小姑娘的电话就打来了，说周大花又带着女儿去找她了。她乍一听很生气，党政办姑娘说，周大花说只要能满足她一个条件，她立马就搬。挂了电话，又开了一小段路，那个叫薇朵的女孩身影在她脑海里漾了几漾后，她突然不气了。估计能让周大花满足的条件是关于孩子工作的事情。她不就是想让她孩子进县医院吗？既然笔试已经考过了，看薇朵那孩子的形象、气质与谈吐，料想面试成绩应该也不会差。不知道是不是血缘的奇妙反应，只见过薇朵一面，云朵就觉得自己和她很亲。当然亲咯，她是嫡亲的姨娘呢，比普通的姨还要亲，因为她和薇朵的妈妈周大花是一母同胞的孪生姐妹呀。

一路上，云朵的心思都在薇朵身上了，下高速公路时，她发现自己已经想到将来薇朵到县医院工作后，她就让这孩子住进她那位于县医院对面的家的情景了。她今年四十五岁了，几个月来，月事一直这样不规不矩地来去，因为忙到没空去医院好好检查，所以就打电话咨询了当医生的同学，同学告诉她，她那是更年期前的生理紊乱现象。瞧，都更年期了，即便国家连三胎政策都放开了，对她来说也毫无意义。身体出现这状况，说明她已错过了生二胎的合适时间。所以，她不自觉地把主意打到了薇朵身上。

到了大院门口，云朵还没按喇叭，大门便开了。她把车开进大院，泊好车，就往接待室走去。

周大花半死不活地缩在沙发上握着手机看视频，那视频里传来刺耳而庸俗的嘈杂声。薇朵见云朵推门进来，亭亭地从沙发上立起身，云朵见她穿了件洁白的无袖连衣裙，扎着高高的丸子头，又立即想到了自己的青春时光——二十多年前，她也买过一件白色的无袖连衣裙，只穿了一次。因为养母嫌那裙子露肩，她穿着看起来不雅，便把它送给了乡下的亲戚。

薇朵脆生生地喊了声："二姨！"怯怯地望着云朵笑。云朵拍了拍她的肩，让她坐下来，这会儿周大花也关了视频，往云朵身边凑了凑说："小朵哇，你外甥女后天就面试了，我听说你今天一早就进城去了，你是给你外甥女找人去了吧？诺，这个你拿着，我晓得，现在找人需要这个，人你去找，这个我不得装孬，需要多少，我都舍得出，我累死累活地卖菜，不就图俺薇朵能不再受这罪么？"周大花说着，从布口袋里掏出厚厚一叠用橡皮筋捆绑的纸币往云朵手里塞。云朵一见被橡皮筋紧紧捆绑的纸币，眼前一黑，歪倒了。

"来人呐，来人！"周大花扯着嗓子喊的时候，薇朵把云朵放平在沙发上，用手边拍她的脸颊边唤："二姨，二姨……"云朵慢慢睁开了眼，看了一眼簇在她眼前的人头，又闭上了眼睛，说："我没事，昨晚一夜没睡，今天又开了两小时的车，累了，想歇歇。"

党政办的小姑娘提议，让周镇长去宿舍休息休息。周大花接着说："对对对，让薇朵扶她二姨进屋休息，你们上班都忙，都忙去吧。"说着，便和薇朵一起，扶起了云朵。云朵摆摆手说："不用扶我，我没事。大花，你还有什么事，家什么时候搬？要不你先回家收拾，我让薇朵到我宿舍陪我说说话。"周大花一听云朵这么说，喜得合不拢嘴，忙说："好好好，我回去收拾！薇朵，照顾好你二姨！"说着，便乐颠颠地走了。

云朵见周大花走出大门，才对薇朵说："二姨没事，不用去宿舍，就在这里说说话，我马上还得下村，今天有督查组来看拆迁进展。"

薇朵点头说好。

云朵从薇朵那微微上翘的小鼻尖仿佛看见了楚凌的影子，心倏地一疼。她现在能从任何事物上看见楚凌，就像方才，周大花塞给她的那叠用橡皮筋捆绑的纸币，让她看到了被丝袜捆绑的楚凌。三年前，楚凌中考后不久，云朵出差结束，夜里回到家，见楚凌房间的灯还亮着，她蹑手蹑脚地走近，猛地打开门，本以为会逮到一个打游戏的小孩，谁知却发现楚凌被好几条丝袜绑着，缩在榻榻米的一角。她吓坏了，忙拿剪刀把丝袜剪碎，问楚凌为什么要这样做。楚凌不作声，被问烦了，他便跳下榻榻米，打开房门，让她出去。沈大队说，楚凌几天前被发现吊在车库时，是被硬包装带捆绑窒息导致的。云朵闭上眼，楚凌那蜷成小病猫似的模样又浮现了出来。

薇朵见云朵神色不对，开口道："二姨，你早饭吃了吗？平常有没有低血糖的毛病？"

云朵睁开眼，看着薇朵说："二姨不是因有低血糖，是心里太难过了！你知道吗？二姨的儿子死了！"说完，她大放悲声，却干号无泪。

薇朵吓得慌了神，忙起身去关门。关门后，走到云朵旁，犹豫着把手放在了她的背上，轻轻地拍了拍，说："二姨，二姨……"云朵转过身，一把抱住了薇朵："孩子呀，孩子呀，二姨没有孩子了啊！"

"二姨要是不嫌弃，就当我是你的孩子吧。别太伤心了，您这样特别伤身体！"

"薇朵，你说什么？你愿意当我的孩子？好孩子，这是真的吗？"云朵猛地抬起头，怔怔地望着薇朵问。

"嗯，二姨妈妈！以后，我就喊您二姨妈妈，好吗？"

"好好好，你要是喊我妈妈，更好！"云朵说罢，心想，这恐怕就是命运的轮转吧？自己当年被送到大伯大妈家后，便一直喊他们为"爸爸妈妈"，没想到三四十年后，自己又让亲外甥女喊自己妈妈。可惜，云朵明白，无论称呼怎么改变，事实都无法更改，就像婆婆当年替孙子改生日似的，所有的篡改都不过是毫无意义的自欺欺人。

七

云朵陪督查组下村，来到周大花家的小院，看见院子里已经堆满了收拾好的家什，一个黑瘦黑瘦的男人蹲在地上绑一领被卷成一条的草席，云朵吓得连忙转移了视线——她再也见不得"捆绑"的画面。见来了人，周大花不知从哪个旮旯儿里钻了出来，怀里还抱着一只狸猫，她嘟囔着说："畜牲都晓得家好，都藏起来不肯走，刚被我好不容易逮到了！"

督查组一行说了些赞扬周大花的话，又表扬了云朵几句，便离开了，他们还有别的拆迁点要去。云朵在周大花的小院里，突然有了不舍——到底，这也是她的家呀！虽然心里只影影绰绰有些在这屋子里生活过的记忆，但人的故土情结是很奇怪的，那种蛰伏在内心的情愫，突然间就会被记忆中的一个小火星子点燃，造成一场关于回忆的大爆炸。

薇朵撑着伞走进小院，把伞斜向云朵给她遮太阳。云朵扭头看了看薇朵，说了声："丫头真好。"周大花堆着一脸带褶皱的笑容说："你要看丫头好，我就把她给你了。"

云朵想起来，三十多年前，就在这块地上，她爸也对她大伯说过同样的话，只不过，大伯相中的是大花，而最后被送进城里的却是她。

"小朵，你命好，我命孬。明明大伯说要带我进城的，俺妈却出了孬心，说你身子弱些，就把你送走了，要不然，俺俩命就得倒着过。你看看，你就要跟这黑驴蛋子过日子，替他生儿育女，还要伺候他吃饭穿衣，跟他在土里刨食、赶集卖菜。"周大花指着此刻站在院子里垂手傻笑的男人说。

　　云朵没作声，她在想，如果当初被送进城的不是她，而是大花，她们的命运真的会调个个儿吗？大花居然说她命好！三个月前，养父养母不打招呼就从她家搬走了，那时正赶上楚凌进行最后的高考冲刺，且她在镇上因为疫情防控和秸秆禁烧工作忙得不可开交，打养父养母的电话，他们统统不接。她去他们住过的老房子里找，也不见人影。她心急如焚地要拨打"110"报警时，楚凌才道有天听姥爷和姥姥聊起有人说他家有个灾星，会荒人。楚凌顿了顿，接着说："他们说你就是灾星，所以要躲着你，你也不用找他们了，你安心上你的班去，我自己一个人能行。"云朵听完孩子的话，哭得跟个泪人似的。她想起来，还是在郢子里的时候，她妈带她赶集，遇到一个算命的，说她是孤苦命，荒父母。所以，现在大花说她妈是因为她身子弱才送她进城，根本就不是事实，她知道，那是她妈怕她荒了自己，才把她送人的。因为她妈带她算命后没多久，她就被送到城里了。进城后，她爸倒是去看过她好多次，但她妈一次也没去看过她，云朵此刻恶狠狠地在心里想：怕也没用，还不是被我给荒死了！

　　云朵的父母都不到五十就去世了。周大花说："要不是俺爸走得早，俺妈怕没人给她养老送终，又怎么会看上他！"周大花说着又翻眼瞅了男人一眼，男人依然笑嘻嘻的，不还嘴。云朵搞不懂，这两个人怎么能生出薇朵这么水灵的姑娘。"这丫头，怎么看都像你二姨家的！"周大花冷不防地说。不过这句话云朵倒是很认可。

"你们慢慢搬，我带薇朵去找人培训培训，不是要面试吗？现在没有那么多暗箱操作，都得凭真本事，所以我不能包她肯定能通过面试。但我有同学是医院的专家，我让她给薇朵讲讲怎么面试。"云朵说完就示意薇朵和她一起走。薇朵看着周大花，周大花说："还愣什么呀？跟你二姨去吧！对喽，干脆就喊妈妈吧，姨妈姨妈，跟妈大差不差，哈哈哈！"

"大花，这可是你说的，以后不许反悔！"云朵扭过头对周大花说罢，又望着男人喊了声，"姐夫，你也同意吧？"

男人羞赧地笑着点点头。薇朵说，她爸前几年患了甲状腺癌，手术伤了声带，说话声音便一直嘶哑，后来渐渐地就不肯说话了。

"世上多是苦命人。"云朵听罢叹道。

上了车，云朵忙给同学打电话，连打了好几个，都无人接听。云朵想起来，同学是省城医院的妇科专家，恐怕这会儿正在手术室主刀呢，电话是接不着的。索性，她给同学的微信里留言，让她下了手术台后给她回个话儿。留完言，性急的云朵又想，自己下午还有个会，到时候别又赶上自己开会时有电话来，干脆，又发了一段语音，跟同学说明了意图，并交代，让她加上薇朵的微信，给孩子来个线上培训。

给同学发好信息后，云朵把微信的二维码找出来，对薇朵说："来，加个好友，等下我把阿姨微信推给你，你直接联系她，要好好请教她哦。"

薇朵打开微信，点开"扫一扫"，然后扫出一张熟悉的头像来，她的手哆嗦着，不敢继续点击"发送验证"。云朵性急地问："你手机信号不好吧？要不我来扫你。"说着，便去看薇朵的手机，那张沐浴在阳光中的美丽背影像一颗子弹，"砰"地击中了她。

八

当云朵死死按住了被击中的心窝，为抵住那阵突如其来的眩晕感，她像浮游在大海中的溺水者一般，狠狠地抓住了什么，大脑在一片混沌中绽开了妖冶的花朵，花朵漾成大片的油画彩块，彩块又变幻成一幕幕场景……

那个深夜，云朵打开房间里的电脑。那是一个梅雨天，家里到处都湿漉漉潮兮兮的，云朵为了预防家电因为长期不用而受潮，便去开启自楚云天去世后就一直闲置的电脑。电脑屏幕慢吞吞地跳了很久后，才把开机图案给亮出来，然后页面提示"需要输入用户密码"。云朵愣住了，密码？家里的电脑什么时候设置了密码？家里就两人用它，既然她不知道密码的事，那么这密码就是云天设置的了。云朵心想，他干吗要设密码？密码是什么？她试了很久，电脑显示屏始终冷冰冰地提示"密码错误"。既然密码错误，电脑就始终无法打开。云朵几乎要被这个"密码错误"逼疯了，她恨不得砸了它，她压根儿没有想到，那个温开水一般的楚云天居然会在死后给她找这么大的气生，并且，任随她怎么愤怒，那怒火也只能憋着，找不到对象发泄。她恼得一把揪下鼠标，狠狠地砸在墙上。墙上挂着她和楚云天的结婚照，她那只涂着恶俗的红指甲油的手轻浮地搭在他的胸口，她一直都看那张照片不顺眼，是她婆婆非要选这张照片挂墙的，现在，鼠标帮她在他的胸口——她手的位置那里砸了个窟窿。照片不过是一层并不结实的布，可婚姻呢，也许还不如这层布结实，婚姻就是一张纸，轻轻一扯，就破碎了。他们的婚姻压根儿没有经历过撕扯，还不是也破碎了，而且碎得体无完肤，压根儿没有修补的可能。

一夜未眠的云朵，第二天一早送了楚凌去学校后，没有像往常那样去上班，而是去了家电脑公司，咨询如何解锁有密码的电脑。工程师说，需要重装系统。"那里面的东西会不会丢？"云朵问。"C盘的东西会丢。"她得到这个答案后，犹豫了，她知道云天习惯把什么东西都放在电脑桌面上，他渐渐把电脑桌面填得密密麻麻的，害得她看一眼电脑密集恐惧症就要发作，所以，她基本上不在家使电脑。单位和家在一个大院，那会儿大家都爱玩一个QQ农场偷菜游戏，她有时想起来，甚至会在办公室的电脑上"偷"一通再回家。所以，家里的电脑什么时候设了密码，她还真是无法判断。她想知道那台设了密码的电脑里究竟藏有什么秘密。因为楚云天的死对她来说，就是一个不解的谜。她不信警察的那套说辞——他是因钓鱼时打瞌睡不慎落水溺水而亡的。这怎么可能？即便是打瞌睡掉水里了，掉进去也会醒的呀，况且他水性那么好，怎么可能会溺水在浅水里？她想。

电脑上设置的密码撩起了云朵封存在心里的疑问，她无端地认定，关于楚云天的死亡之谜就藏在这个设置了密码的电脑里，她不能轻易地毁掉电脑里的任何蛛丝马迹，她决定不重装系统，她要靠自己的智慧找回密码，她相信自己有这样的能力。当年，还是住在郢子里的时候，家里过年时买的糖果，无论藏在哪里，她都能把它们及时地找出来，大人说她是饿死鬼托生的，会钻窟窿打洞找吃的。到了城里的那个家后，她也总能找到爸妈为了防止她偷看电视而四处藏的遥控器，她觉得她有这个天赋，她要把天赋用在找密码上。

密码一直没有找到，或者可以说，是时间冲淡了她的执念，她的精力被独自养育幼子、安抚饱受白发人送黑发人之苦的公公婆婆，以及努力干好本职工作榨净了，她渐渐淡忘了解密之心。

可是，接踵而来的秘密又压迫得她简直要窒息了，这究竟是楚家的遗传基因在作怪，还是缘于她的"孤苦命"呢？十二年后，楚凌又不明不白地走了……

云朵脑袋里的花突然间萎谢了，那些色块消失后，她睁开眼睛，望着被自己紧紧抓着的周薇朵。

薇朵抿了抿嘴，说："二姨妈妈，我不知道他就是弟弟……"

"你说什么？什么弟弟？你是说楚凌吗？你和楚凌到底是怎么回事？"云朵一激动，那一直紧抓薇朵的手，劲儿又大了几分。

薇朵不由自主地缩回那只被云朵攥了一个小时的手腕，边悄悄用左手去揉右腕上那道紫色的掐痕，边像哄小孩似的轻声说："二姨不急，二姨不急，您听我慢慢说。"

听完了薇朵的讲述，云朵感觉她说得并不慢，怎么这么
几句就完了呢？她希望薇朵能一直说下去，把关于楚凌的话
题，一直说下去，她认为若是那样，楚凌就会一直存在，而
话题一旦终结，楚凌就消遁了。虽然楚凌在薇朵的讲述中仿
佛是另一个令她感到陌生的小孩，但她也愿意听，边听，楚
凌的样貌就会清晰地显现在她的心里。云朵惊恐地发现，楚
凌才走了不过几天而已，她居然有点想不出他的样子了，她
脑海里的楚凌要么是那个大头大脑憨态可掬的小宝宝，要么
是蜷成一团的一脸痛苦的怪样子。她养了十九年的孩子，如
今居然在自己心里面目模糊了。死神真是可怕，挥挥手，就
把鲜活的生命收进了它那黑色的大氅，从此在现实世界里无
迹可寻。

云朵扭头望着车窗外，白云盛大地绽放在蓝天上，天蓝
得像海，深不可测的蓝里似乎隐匿了无数秘密。揭秘，是楚
凌走后，支撑云朵继续生活的力量。她想知道的秘密，不仅
有楚凌的死亡之谜，还有养父母突然离家之谜、楚云天的自
杀之谜……但当她听完薇朵的这番讲述之后，突然就懈了探
秘的劲儿，甚至，她还吩咐薇朵，替弟弟保密。世界本身就
是由秘密构成的，秘密与秘密之间的锁链就如连环套似的，
哪能轻易就解开呢？人心就像天空，浩渺无垠。此刻，她最
想做的就是，回家扔掉那台闲置了十多年的破电脑。

梵高的秘密

　　三月的夜晚，在这江淮之间的小城，我一个人坐在吧台上，静静地听 DON McLean 的 *Vincent*。这是一首致敬梵高的经典歌曲，自从我开了星空咖啡馆以来，这首歌曲，一直静静地在这间咖啡馆里如空气一般流淌。

　　这个周六是星空咖啡馆开业一周年的纪念日，我琢磨着，要不要搞个小小的庆祝仪式。就在这时，我的手机屏幕上飘闪出微信消息提示，打开一看，"星空"群里有人说话，是蝴蝶，她说："嗨，开会啦开会啦！"被她这么一吆喝，麦子、鸢尾和樱花纷纷抛出了表情包，一时间，群里人声鼎沸地热闹了起来。

　　这时候，我反而沉默了。我习惯当听众，无论在网上还是在咖啡馆，只要有人说话，我便默不作声地倾听。一年来，我听到了很多故事，我把这些故事记录在星空手账里，我自己设计的一款手账，仿古的线装本装帧，封面却是梵高的那幅著名的《星空》。过去，我挺为一百多年前割了自己耳朵不算完还一枪毙掉自己的天才画家梵高抱屈的。他活着的时候，世人的眼睛都瞎了似的，一幅画也不买他的，害得他开画廊的弟弟偷偷塞钱给顾客，让顾客扮演购画人，买了他一幅画——那是他生前唯一"卖"掉的画。世上的庸人与天才总是隔着生死之涯，如今，世上的这些后觉者们轰轰闹闹地，把梵高的画抬成天价不说，还借助现代手段将他的画涂得满世界都是，就连跳广场舞的大妈，脖子上都会挂条"星空"或"樱花"图案的丝巾。咖啡厅有把不知谁落下的遮阳伞，我无意中发现，那伞面上居然也是"星空"图。梵高恐怕想不到，自己居然在一百多年后火起来了，平白无故地被后人揪出来成为一种流行。可惜，即便如此，还是没有人懂得他的孤独。我这么想，因为，也没有人懂我的孤独。孤独是必然的存在，是人类无法摆脱的宿命，但即便如此，人偶尔还是会渴望自己的孤独能与旁人的孤独照映。这就是我开星空咖啡馆的初衷。

手机在我手里震了震，是蝴蝶在群里艾特我，她说："'星空'马上一岁啦，咱们一起给它庆个生呗！"

这个蝴蝶，仿佛有特异功能似的，总能与我的想法同步。我不能再在群里装聋作哑了，我说："好啊！"

群里瞬间喧闹了起来，大家七嘴八舌地出谋划策，提出了许多庆祝的方案。我默默地看着，一言不发，直到蝴蝶再次艾特我，说："选哪个方案庆祝，请定夺！"

我说："不如，周六晚上，请大家一起来咖啡馆，打开你们存放在'梵高的秘密'里的秘密，共同分享，然后，每人再投入一个新的秘密，大家觉得好吗？"

"哇！"蝴蝶第一个在群里发了一个有着惊喜表情的动画娃娃，并在图下打了个跟着一排感叹号的"哇"字。紧接着，大家纷纷以自己的方式表示了认同。但我注意到，今晚，风车一直没有现身。"星空咖啡馆"的群是个小群，只有六个人，我、蝴蝶、麦子、鸢尾、樱花和风车。风车是星空咖啡馆的常客，几乎每个周末，他都会来咖啡馆坐一个下午或一个晚上。蝴蝶是星空咖啡馆的第一位客人，鸢尾、麦子和樱花都是蝴蝶的朋友，他们是由蝴蝶引到"星空"的客户。风车和他们没有任何交集，他是一位外乡人，话不多，我一直不知道他是怎么发现"星空"的。因为在小城，星空咖啡馆是很小众的存在，它不在闹市区，甚至它所处的位置都不能算作在商业区内，它窝在老城区的两个老旧住宅的小区之间，连个醒目的招牌都没有，只在玻璃门上挂了一片杂志大小的木板，木板上是我自己用画笔写的两个字："星空"。我的字不是很好，为了避免露怯，我把"咖啡馆"三字都省略了，充满创意地在"星空"后画了一杯冒着热气的咖啡杯替之。

星光咖啡馆开业的那天，我没有举行任何形式的开业仪式。那天，我给自己煮了杯蓝山，然后拍了个小视频发在自己的抖音账号上。没想到，半小时不到，咖啡馆就迎来了第一位客人——蝴蝶。她穿着一件夸张的靛蓝色棉袍冲进"星空",眯着眼睛冲我说:"喂,你这儿有什么呀?"我告诉她,只有咖啡,牙买加蓝山、叶门摩卡、哥伦比亚曼特宁、日本炭烧——"花样还挺多哈,奶茶有吗?"她打断我的话,有些不耐烦地问。我告诉她,没有奶茶,星空咖啡馆只售咖啡。她站在我堆满画册的吧台边,有点好奇地翻了翻我的手帐,夸张地说:"呦,这么拽!"手账上,我写了这样一行字:"只给喝咖啡的人咖啡喝。"现在想来,那句话的确有点拽。但,也多亏了这句话,让蝴蝶留了下来,然后她又替我引来了更多的顾客。

见群里热闹非凡,而风车久未发声,我想了一下,给风车发了条私信:"干吗呢?"

风车秒回:"无聊着。"

"过来坐坐?"我问。

"好。"

晚上十一点半,"星空"已经打烊了,但我又为风车开了门。半小时后,风车到了。他推门,裹了一股清冷的空气捎带着进来。

他坐在自己平日常坐的位置上,我端了杯曼特宁放在他面前。

他把外套脱下,整齐地摆放在身边的空位上,然后端起咖啡,深深地嗅了一下,他没有立刻喝咖啡,他细长的手指绕着咖啡杯,紧紧地握了会儿后,又把杯子放在了桌上。他问我："现在到'梵高的秘密'录音可以吗？"

我想了一下，说："可以，但按规定，之前的秘密得消除。"

我得解释一下，"梵高的秘密"是星空咖啡馆开创的一个特别项目，那就是顾客可以在咖啡馆的密室里录下自己的秘密，秘密存录好后，就会被锁进保险柜里，主人可以选择一个人分享自己的秘密——由我放给合适的客人听，主人也可以选择清除秘密，但在清除秘密前，自己得重新听一遍自己的秘密录音。无论分享还是清除，都有一个最低的保存时限，最低时限为一个月，也就是自己说出的秘密至少要封锁在保险箱里一个月才允许消除。在"梵高的秘密"保险箱里，每位顾客只能存放一个秘密。

我查看手账，发现风车的秘密已经存放了三个月。

风车说："我想请你听一听我的秘密。"

我不置可否地笑了笑。自从"梵高的秘密"开启以来，他是第一位主动邀请我听他秘密的顾客。秘密被不是朋友的熟人知晓，是有些尴尬的。在网络时代，秘密有了更多的投放地，大家更愿意选择一个素昧平生的网友说出自己心底的秘密。在陌生人那里，秘密说完了，不用担心它会在现实中被传播。所以越来越多的人，喜欢在网络上注册一个与现实身份无关的账号，把秘密交给陌生人，那么做，会令投放秘密者感到更为安心。

"好吧。"我答道。

我走进密室，打开保险箱，找到贴着"风车"标签的小匣子。我把那个用封条封死的小匣子拿到风车面前，对他说："我拆了，如果你现在反悔还来得及。"风车摇摇头说："不后悔。"然后又问我，他是否可以和我一起听。

他这个要求多少有点违规，"梵高的秘密"消除法中规定，秘密要么交给他人分享，要么自己听。但，面对他这不太合理的要求，我犹豫了一秒钟后便答应了。

我从小匣子里拿出录音卡，插在电脑上，好一阵窸窸窣窣的声音过后，传来风车低沉的嗓音，他说的是方言，我听不太懂，中间有长久的停顿、咆哮、沉默和隐约的呜咽。我耐心地听完这时长二十九分加三十七秒的录音后，把目光投向坐在我对面的脑袋埋在胳膊里的风车。我发现，他的头顶有两个旋，和我一样！我妈常说，头上长两个旋的人很拧。我拧吗？也许吧。那么风车呢？

风车抬起头后，我才注意到他长了一双与他高大的身躯不太配的秀气的眼睛，那种在 T 台上走秀的东方模特脸上的细长丹凤眼。他问："你听懂我的话了吗？"我摇摇头说："不全懂。"他说："所以，我想和你一起听，然后再把刚刚听到的翻译给你听。"我忍不住笑了，说："秘密翻译者，这活儿干得漂亮！"

风车没笑，他很郑重地充当起了翻译的角色。我起身给他倒了一杯柠檬水，顺带也给自己的水杯里续上了水，我想，风车的秘密，估计得用很长的时间才能消除。

　　前年春节前，我女朋友与我失联了。那几天，我几乎每天二十四小时不停歇地拨打她的电话，可是始终无人应答。除夕的前一天，我从我关注的一个旅游博主的视频里发现了她的身影。她挽着一个男人在一个挂着红春联的城门下，对着镜头比着"胜利"的手势。博主的视频里说了，那是寿州古城的南门。我连夜开车往寿州赶，边开车，边不停地拨打她的手机。六个小时后，我到了视频里那挂着巨幅春联的城门底下。一路上，我想的都是如何找到他们，然后杀了他们。可惜，还没来得及杀人呢，我自己先倒下了。站在空寂的城门下，我感觉自己的头昏昏沉沉的，一点力气也没有，便就近找了一家快捷酒店入住。我进了客房，倒头便睡，醒来，已经是大年初一的晚上了。我忙找出手机，手机上布满了红色的标识——很多未接电话和未读消息，我紧张地一一翻看，却终是失望。我又忙着给她打电话，还是无法接通。我无法遏制地号哭起来，甚至无法平复心情给父母回个电话。对于这场背叛，我没有任何思想准备。我只想找到她，让她亲口告诉我，到底发生了什么。

　　为了找到她，我给那位旅游博主发私信，告诉她，她发的视频里有个人是我的朋友。说着，我把视频里我女朋友的身影截了图发给博主，博主回复我说，她只是偶尔入镜的游客，她也不认识她。

　　我像魔怔了似的，每天站在城门下，望着来往的路人，直到有一天，城门封住了。那段时间，一切都像停摆了似的，餐馆全都停止营业，我住的那家快捷酒店也都要停业了。老板亲自找到我，劝我退房回家，可我不愿意，我说我哪儿也不去，就在这里。后来，我被困在酒店的房间里，真的哪儿也去不了了，只能不分昼夜地刷手机。我将那位旅游博主账户里的小视频全看完了，因为无聊，我在她的每条小视频下都写了长长的留言。而她，居然逐条给我回复。可以说，我是靠着和她互动活过来的。我每时每刻都拿着手机等着她的新动态，在脑海里想象着她的样子，只能是想象，因为她从未在自己发布的视频里露过脸。

不知你有没有失恋过，骤然失恋的心，是失重的，落不到地的感觉。我那会儿，不仅感觉失重，还感觉心被人掏空一般，特别想找点什么填补心中的那块空缺。那时候，我像抓救命稻草似的拽住了旅游博主。我知道博主就是寿州本地人，那一刻她就在离我不远的小区里傻待着，小城管控得很严，居民出门买个菜，都得持社区发放的通行证才能进出小区。我们已经添加了微信，我在微信里把我的遭遇告诉了她。她安慰我说："不要难过，爱情是讲缘分的。"我说："是的，也许我女朋友的背叛是为我的下一段感情做铺垫呢，我感觉我的缘分在这里。"

也许你会觉得我很荒唐，我就这样留了下来。

小城解封后，我和那位博主约着见了面。如我所料，她长得很普通，甚至有点丑。她身材臃肿，满脸痘印，扎一条乱糟糟的马尾。见了她，我心里突然就难受了起来，是被女朋友的背叛牵扯的那份难受。我在想，如果博主是一个美人，我也许会因为男人的天性而将感情从女朋友那儿移情至她，

那样的话，我心里被灌得满满的酸痛就不会那么快外溢。可
她那副样子，硬是把我女朋友比成了绝世佳人。我心里憋屈
得要命，当着她的面，我给女朋友打电话，当然，电话还是
无法接通。她坐在我的车上，脸上挂着有些羞赧的笑意。她并
不知道正在开车的我，一只手握着方向盘，另一只手给女朋友
拨打电话。塞在我耳朵里的蓝牙耳机，反复向我提示电话无法
接通，我的心里痛了又痛。我把她带到我住的酒店，刚进门，
我就对她张开了双臂做出拥抱的姿势，她惊愕地看着我，却没
有拒绝。我们鬼使神差地相拥在一起，然后，我闭着眼睛，脑
海里想象着女朋友的样子，要了她。刚结束，我就后悔了。我
觉得自己不仅荒唐而且卑劣，我不懂自己为什么要伤害一个无
辜的姑娘。我默默地躺在床上，不知过了多久，她打开门，走
了。从那天起，我们再也没有见过，我和她也失联了。

　　我听着风车的讲述，脑海里浮现出了蝴蝶介绍来"星空"
拍视频的那位旅游博主，不过，那女孩不像他描述的那样丑，
也许她们并不是同一人吧。他说完，抬起眼睛望着我，问：
"这个秘密清除了，我可以录下一个秘密了吧？"

　　"可以，请吧。"我起身，打开密室的门，风车快步走了
进去，然后关上门。我又坐回到沙发椅上，拿出手账，做好
这个秘密的清除记录。手账上显示，"梵高的秘密"已经储存
了上百个秘密，几乎每一个来星空咖啡馆的顾客都愿意将自
己的秘密存放于此。

　　我想起很久以前，蝴蝶录制秘密后问了我一句话——"你为什么要在这里收存他人的秘密呢？"

　　我为什么要收存他人的秘密呢？蝴蝶的话让我陷入思考。在此之前，我似乎并没有意识到我是在收存秘密，我觉得在咖啡厅里设置一间密室，在密室里录制秘密，就是一个游戏。供成年人玩的游戏并不多，我认真地设计了这个游戏，就是想让大家能玩得愉快。自从有了这个游戏，每当我心情不好的时候，就会走进密室，打开保险箱，翻出那些存放秘密的小匣子……那一刻，我会觉得自己比亿万富豪还要富有。富豪拥有的只是可以计数的财富，而我拥有的却是无法计量的情感财富。秘密是隐藏的情感、压缩的情感，这情感因为不宜公开才会有类似宇宙黑洞一般的引力与能量。我甚至觉得，是秘密把我和星空咖啡馆的顾客们紧密相连起来的。如果没有存放在"梵高的秘密"中的秘密，星空咖啡馆不可能成为他们经常惦念的驿站，而他们也不会成为与我有情感关联的人。

　　当然，我很感谢一位陌生的顾客，是他，让我动念设计了"梵高的秘密"，他可是催生"梵高的秘密"的人。这个午夜，我突然很挂念他，甚至是想念他，不知道他现在过得好不好。

　　我记得，那是在星空咖啡馆刚开业没几天的一个傍晚，店门被推开，进来了一位穿一件黑色的机车夹克、戴一顶灰色的棒球帽的男人。他开口问我店里有什么吃的。我指了指竖在桌上的餐牌，告诉他，只有这些咖啡。我这是一间纯喝咖啡以及发呆的店。他点了一杯摩卡。当我把摩卡端到他面前的时候，他问："这里可以抽烟吗？"我说不可以。"这里除了发呆，可以聊天吗？"他又问。我说："可以啊，"然后拍了拍自己的胸脯，说："免费陪聊。"他笑了，说："我告诉你一个秘密吧，这个秘密憋得我难受极了。"

"这个秘密，和我父亲有关。你在小城里，是小城人，也许你听说过我父亲，他是位草根诗人，在一年前去世的。"他说着，用笃定的眼光望着我。我摇摇头，说："虽然我是小城人，但我是一个离开家乡十几年、不久前才回归的人，对小城里的人和事并不了解。"他似乎对我的孤陋寡闻并不在意，自顾自地继续说了起来。

我母亲年轻时在一个民间歌舞团唱过戏，我父亲是那个歌舞团的领队。母亲在怀上我的时候，得知父亲在老家已经有了一双儿女。她连个招呼都没打，便揣着肚子里还没有长成人形的我，回老家嫁了人。十几年后，我母亲成了寡妇，我辍了学。就在我辍学后要出门打工的前几天，我们家来了一个男人，我见他顶着一头乱蓬蓬的长发，满脸除了能看见鼻子、眼睛、眉毛，全是乱蓬蓬的络腮胡子，一点儿也不像个正经人。母亲告诉我说，他是我的生父。我开始是对他有抵触的，但他是个非常有耐心的人，无论我的态度怎么冷淡，他都笑眯眯地和我找话说。过了几天，我对他态度有了转变，感觉他是一个很有见识的人。他见我愿意和他说话了，便领我去镇上，给我买了一身新衣服和一包书本文具，并嘱咐我，一定要好好念书。他把我送回家，临行前留下厚厚的一叠钞票，他说以后每月都会给我寄生活费。有了父亲的供养，我顺利地考上了高中、大学，大学毕业后进了一家家装公司当设计师。两年前，我订婚了，父亲得知后很开心，那年春节前，他打电话说，要从老家过来，和我们一起过年，为我筹备婚礼。可是，他在路上染了病，在元宵节那天，走了。那年清明节，父亲老家的亲人来到我家，将父亲的骨灰接回老家安葬。我请他们捎上我，我想护送父亲最后一程，把他送回家，但遭到了他们的拒绝。

这次我来，是因我得知我的堂兄为我父亲建了一座纪念馆。父亲数十年来一直热爱诗歌，生前一直渴望进入诗歌圈，让自己的诗歌得到业内人士——也就是诗歌大咖们的认可。可惜，无论他写诗还是近年做诗歌网刊，始终都寂寂无名。他的名字与他的那首《墓志铭》在网上疯传，是在他去世之后发生的事。我和堂兄不谋而合，我在父亲去世后，也在网上为他建了一座纪念馆。我从网上收集了网友们给父亲写的悼文、祭文和诗歌评论文章，特意将这些文章设计成了一本书，我想把它送给专属于父亲的纪念馆。到了寿州后，我联系了堂兄，堂兄见到我很意外，但堂兄对我说的话更令我意外，他说，我父亲告诉他，我父亲早些年就知道我并不是他的孩子。但堂兄也不知道，我父亲是出于什么理由，一直对我尽着父亲的责任。那个理由是我父亲的秘密，永生难解了。

他讲完这个故事，把杯中剩下的咖啡喝完，掏出手机扫了扫桌上的支付二维码。他朝我扬了扬手机，说，那六百元，是他支付的保密金。

他走后，我琢磨了两天，设计出了"梵高的秘密"这个游戏。

事实证明，这是一个很成功的设计，因为"梵高的秘密"，星空咖啡馆的生意一直不错，并且，这一年来，我不用吃药也能顺利地入睡了。

我扭头看了一眼密室，风车还在里面诉说自己的秘密。不知他的新秘密是不是与他留在寿州城创业一事有关。

墙上的时钟已经指向了凌晨一点，我感到困倦，伏在桌上，枕着自己的肘弯入了梦。梦中我看见蝴蝶飞快地奔向我。我想起身去迎她，却像被什么绊住了似的，怎么都站不起来。我忍不住大叫一声："蝴蝶！"被自己的声音吵醒的我睁开眼，看见风车站在我身边诧异地望着我。我突然意识到，他无意间成了我秘密的消除者。不过没关系，还有那么多秘密呢，只要还活着，人分分秒秒都能制造新的秘密。索性，我也说一说我的秘密。

我是一个顽固的失眠症患者，在回小城之前，我是个西班牙语翻译员，在国外工作了十年，十年间，我的足迹遍布二十多个国家，见识了世界，开足了眼界，但却失去了正常人的睡眠功能。两年前的春节，我爷爷病危，我回国。爷爷在弥留之际，还惦记着他的猫。我告诉爷爷，我会照顾好这些猫的。爷爷被安葬后，我在爷爷留下的这栋房子里，看着他留下的这十六只孤儿似的猫，心一软，做出了留下来的决定。如果你是星空咖啡馆的常客，你一定见过我爷爷留给我的猫咪们，它们长得很像，都是雪团似的白猫。蝴蝶经常领它们回家，帮它们洗澡。它们很乖，也很怪。咖啡馆的常客除了蝴蝶，也有不少爱猫人士，他们有的人提出收养某只猫，有的也像蝴蝶一样热心地要领它们去洗澡，但猫猫只认蝴蝶，除了蝴蝶，任何人都甭想靠近它们。蝴蝶说，猫咪们之所以只认她，是因为她像猫，她像猫一样有九条命。

　　蝴蝶说这句话的时候，我盯着她手腕上的伤疤。我认识那种疤痕，那是割腕留下的伤痕，我的右腕上也有类似的一道，只不过，我用一根腕带遮住了它。那道疤是我十八岁那年留下的，那是在我高考前，家里发生了变故，我爸因为渎职被抓，我下晚自习时无故被人堵在巷子里狠揍了一顿，过路人报了警，我们被带到派出所，我却被那群人诬陷说我拦路抢劫，警察从我书包里搜出一把匕首，我当下就觉得百口莫辩。经过调查，警察没有冤枉我，经过了一番批评教育后，我被妈妈领回了家。一到家，妈妈就坐在沙发上大哭，边哭边诉说自己的苦命。我躺在房间里，隔墙听着她的哭诉，想到被抓的父亲，和即将到来的毫无希望的高考，也不知怎的，我从书桌上拿起一把瑞士军刀，狠狠地在手腕上割了几道口子——我是左撇子，受伤的是右手。

　　那时，我家养了一只猫。事后听我妈说，那晚，我家的猫不停地边挠我的房门，边凄厉地叫，她拿拖鞋作势去打它，它都不为所动。我妈见猫弄出那么大的动静我都没开门，就觉得情况不妙，她忙敲我的房门，我也一直没有作声。她急了，用钥匙打开了我的房门，一眼看见我躺在床上，身边有一大摊血，当时她吓得边喊我，边打 120 急救电话，我才算是捡回了一条命。所以说，我的命是猫救下的。那只猫在我上大学后被爷爷收养了，爷爷后来留给我的那十六只猫都是我那救命恩猫的子嗣。

风车坐在沙发椅上，听我说完这番话后，笑着说："我保守你今夜说出的秘密，但是周六，我希望能听你和蝴蝶分享一下，属于你们俩的共同的秘密，晚安！"

风车说完，起身，拉开门离开了。就像他进门时带进一股清冷的空气一样，他离开时在开门后又有一股冷冽的空气窜了进来。我被那股寒意一蛰，清醒得都能捕捉到内心的悸动了。

风车说，想听我和蝴蝶共同的秘密。我承认，此刻，我内心悸动着一个关于蝴蝶的秘密，但我怎么确定，这是不是我和蝴蝶共同的秘密呢？我不能确定。一旦有了不能确定的想法，内心就会像长满芒草似的刺挠得人很难受。过去，我失眠、狂躁的原因就是因为生活中有太多的不确定性。如今，好不容易在星空咖啡馆因"梵高的秘密"而治愈了这毛病，我可不想自己再次犯病。于是，我有点不管不顾地拿出手机，想给蝴蝶发条信息。见处于静音状态的手机屏幕上有了好几个未接电话，我点开一看，都是蝴蝶打来的。我忙回拨过去，蝴蝶秒接，我听到她气势汹汹地问："你在哪儿？怎么不在家！猫咪洗干净了想回家，我就抱它们回家了，打开门，你却不在！"

我突然笑了起来，因为我无比笃定，周六，风车肯定能听到他想听的秘密了。而我也很期待听到麦子、鸢尾和樱花的秘密，我知道，他们都是蝴蝶最好的朋友，而我，总是对蝴蝶的朋友格外优待，现在，我意识到，也许我那是爱屋及乌，唔，这也是个秘密哦。

我飞快地起身，关上灯，锁了门，飞奔进被路灯染亮的夜色中。我顾不上抬头看星空，我只留意脚下的路。

花落知多少（后记）

从一场梦里醒来的时候，有许久，是醒不过来的，仿佛还在旧时光里，故人还未故，往事还崭新。可是我，却很清醒地知道：我是谁，我要去往何方。

对面楼里传来一个女人歇斯底里的哭喊："你到底在哪儿？你快点回来……"她声嘶力竭，喋喋不休。

女人那声音歇斯底里得令我心疼。我不由地心中疑惑，她经历了什么？

每一个人的内心，都有那么一些痛点，戳中了，就会痛，会流血，也会流泪。每一个人都是如此，没有例外。

可惜，置身在事件里的我们，并不知道自己真实的感受。痛，往往得过一段时间才能感受到，就像被锐器所伤后，我们看见汩汩流出的鲜血意识被吓到时，身体还没有体验到疼痛的感觉。痛觉的传输需要时间，时间无所不能、无所不在，可是，时间并不是你期望的那样，可以替你抹去痛感，除非，你不够痛。

时间从不摇摆，从不妥协，从不偏颇，它从不以人的意志为转移，它的快慢不由你的祈求而有分毫改变，人只能被时间推动着，行走。如果你不愿行走，时间就会把你埋葬。不仅仅是人，所有事物都是，包括情感。

深秋月明夜，趁着梦意未断，下楼走走。一丛丛沐于月影深处的暗黑的桂花树下铺满了星子般的桂花。花香已经被土地吸取了，桂花成了花尸，不过才几天时间，生命就败给了时间。所有的生命，所有曾经鲜活的美好的热气腾腾的生命，最终，都会败给时间。不过没有关系，时间里，会有那些记忆的痕迹。

我们活过、爱过、痛过、拥有过、怨怼过……最终，走向团聚或离失。其实，一切都被时间包裹着，从来就没有真正的分离与遗失。

大约是在九年前，我开始酿制桂花酿，我喜欢酿制的其实不仅仅是桂花酿，还有关于爱的故事。在酿制桂花酿的同期，我开始写小说。我觉得，写小说与酿酒有相似性，在自然的条件下会很快凋萎的花，可以再度融进酒里，在生活中容易被时光湮没的人与事，可以在小说里得以永生。

翻阅自己曾经写的小说，看着小说里的人物，在纸上鲜活，如一朵朵盛开的花。很多在现实中已成风的往事，还静静地绽放在小说里。那一刻，我感到很自足，我在小说里收藏了记忆，便等于是在自己的生命里挽留了时间。写小说，让我不知不觉消耗了很多时光，但我又在小说里储存了更多关于时间的秘密，我觉得自己赚到了。

没开始写小说的时候，我像一只蛹，躲在茧里，不问世事，不思流年。自从开始写小说以后，我就打开了自己。虽说破茧后并未成蝶，但做一只不甚美丽的飞蛾也是好的，好歹有了翅膀，可以飞起来，也可以停下去，以不同的视角看世界，世界很有趣，看世界也有趣，当然，路途也是艰难的。

写小说的这九年，恍若梦境，梦境里，我忽而感觉自己在路上，忽而感觉自己在孤岛中。路无有尽头，岛被海包绕，总之，我是深陷其中了。

梦里，花落知多少……